在黑暗中游泳

Płynąc w ciemnościach

托瑪許・傑卓斯基 Tomasz Jedrowski — 著
陳芙陽 — 譯

動容好評

《在黑暗中游泳》中難以遏抑卻為惶惶擔憂與壓力所籠罩的情感，令人屏息地著迷而感動。一段相遇成立在某個最錯卻也最對的時空，在那之後捲繞著發生的一切，滿載了命運意味，卻又有人對愛與世界的奮力。細緻的觀察和情感書寫，在極小與極大尺度的感受耙梳間切換，一個初戀故事卻擁有指涉一生的格局。

——影評人／黃以曦

宛如《女朋友。男朋友》，純真、激烈、義無反顧的少年初戀，撞上世故成年人的深櫃宿命，終須在奢華安逸金絲籠和危險未知的海闊天空間作一抉擇。小學時第一次想看男同學的裸體，第一次想把對方拉向自己，熄燈後獨自躺在床上腦中一再一再重現擁抱的時刻……一切都在預演青春戀情的爆發，也都在醞釀支撐結尾抉擇的力量。小說本身就是莽撞騷亂的回憶、欲望，它會抓住讀者的衣領，將你一把拉進那盲目赤裸滾燙顫抖的擁抱之中。

——作家／盧郁佳

導讀

初戀那件傷筋動骨的事——讀《在黑暗中游泳》

※文中將提到部分劇情，請斟酌閱讀。

作家／凌性傑

初戀之後，也許人人都是倖存者。經歷初戀狀態然後倖存下來，自我的形狀已經變得很不一樣，此後人生要背負的是甜美還是哀傷，的確難以預料。事隔多年回頭檢視初戀，那實在是太過傷筋動骨的事。對愛情一無所知的時候，忽然有某個特定對象出現，勾起前所未有的身心震盪，才終於讓人明白那就是愛。愛一方面根源於對象，一方面牽動了自我認同。愛情的發生，是偶然與巧合，是彼與我無從迴避的命運。初戀（或初次暗戀）的情境，會使每一個孤獨的個體明白，渴望完整是怎樣的心情。「自我」將會在情愛關係裡體驗到掙扎、矛盾、迷惘，甚至是爆裂、狂喜。一個人要確定性傾向，辨別自己是不是同志，迷戀的眼光投向何處，那或許正是關鍵。

第一部小說《在黑暗中游泳》，挖掘記憶中的初戀時光，走出了一條屬於自己的認同之路。托瑪許．傑卓斯基的父母是波蘭人，他也曾居住在波蘭，這本《在黑暗中游泳》便是以一九八〇年代的波蘭作為主場景，藉由主角人物的回憶，勾勒一群年輕人的生活，吐露黑暗中尋找希望的心聲。讀這本小說的時候，我好像同時上了一堂波蘭歷史課，遇到有疑義的人名、歷史事件，就透過網路搜尋，試圖理解波蘭的集體命運。

一九七〇年代之後，波蘭陷入經濟危機，民生凋敝。一九八〇年代的波蘭，人民開始罷工、集體示威，當局決定以武力限制這類活動。後來宣布戒嚴，軍隊定期巡邏，重要企業部門遭嚴格監控，並且實施宵禁，城際旅行也需要經過批准核可。共產政權主宰的波蘭，糧食短缺問題嚴重，人民信件被檢查、電話被監聽，反對派人士未經審判即被捕入獄。這種情境下，活著是既艱辛又卑微的事。《在黑暗中游泳》這本小說將這些歷史素材處理得相當細緻，恰如其分地為故事上了底色，藉此讓主角人物的情感變得鮮明，凸顯個人的意志與選擇。我一直認為，學歷史最重要的不是去硬記那些年份、人名、地名、專有名詞，而是知道人類是怎麼面對回憶的。理解人類面對回憶的方式，那是歷史課最珍貴的部分。

《在黑暗中游泳》的敘述設定相當巧妙，透過主人翁「我」（路德維克‧葛洛瓦基）對「你」（亞努許）傾吐心事，回述那段共同經歷的青春時光。這像是告白，也像是告解。因為這樣的人稱設定，托瑪許‧傑卓斯基寫得從容不迫，大量的獨白、描述讓情節舒緩，一格一格畫面銜接得相當優雅。不妨放大檢視主人翁路德維克的感官知覺、個人經驗，那正是全書最精彩之處。書中那個被時代壓縮到極微渺的「我」，何其幸運可以遇見一位「一起游泳的人」。敘述的開端，「我」已經遠離波蘭來到美國（令人畏懼的安全之中），牽牽扯扯地講起往日記憶：「不知道自己是否真的想要你看到，但知道自己需要寫下來，因為你已在我心頭太久。」「我現在逐漸明白，有些人、有些事會讓人失去理智，有如斷頭臺把人生切成兩半，死去和活著，之前和之後。」主角人物以類似倖存者的眼光看待過往，那起波蘭的感情故事就是人生一分為二的關鍵。

政治的黑暗令人恐懼，性的覺醒也彷彿暗中摸索的歷程。某一天夜裡，「我」將深藏於行李袋的《喬凡尼的房間》取出，趁他人熟睡之際用手電筒照明閱讀。美國非裔作家 James Baldwin《喬凡尼的房間》於是成為《在黑暗中游泳》最重要的文學典故。（另一個典故則是傅科的遭遇。）同志文學經典《喬凡尼的房間》裡，美國作家大衛有個美麗的未婚妻，他婚前來到巴黎，被酒吧裡的酒保喬凡尼深深吸引，喬凡尼對大衛付出真心，邀請大衛同住……「敘述者對未婚妻的愧疚感，對喬凡尼的欲望，以及他為他帶來的深切遺憾，還有字裡行間的節奏、語言，暗示的知曉及內心的厄運感，都給我一種直接和我對話的感覺。」《在黑暗中游泳》延續了《喬凡尼的房間》兩男一女的三角關係，拓展出新的知覺結構。《在黑暗中游泳》裡，兩個對上眼的男孩像是活在黑暗之中，最奔放、最做自己的情境無非一起游泳。然而，他們的價值觀不同，抉擇互異，最終必須分道揚鑣。

「雷根總統發表演說，波蘭持續戒嚴」那個章節，某攝影師將照片送出波蘭，向全世界報訊。主人翁想著：「無論世界發生什麼事，無論多麼殘暴或反烏托邦，只要有人冒著危險記錄下來，就還有一絲希望。」托瑪許．傑卓斯基寫這本小說，已經不用冒著危險，但他揭露了那種曾經存在過的危險。書中主角曾經自我宣誓，永遠不要「屈從體制，過著虛假的人生。」我想，有了這樣的認知，或許才能解放自我，盡情去游泳吧。

獻給羅倫，我的歸屬

「至於即將展開的情節，它發生在波蘭——也就是說，窮鄉僻壤。」

——艾佛烈・雅里，《烏比王》

「一切都會過去，即使是最長的毒蛇。」

（Wszystko mija, nawet najdłuższa żmija）

——斯坦尼斯拉夫・萊克，《思緒紛亂》

楔子

今夜，不知是什麼喚醒了我。不是敲打我窗的栗樹枝椏，也不是柯雷契卡太太在隔壁房間的咳嗽聲，已經不再有了。也許是這些聲音的幽魂被風兒捲來，飄洋過海敲動了我的意識。也許吧。而我確定的是：我的身體彷彿是經過戰火洗禮的異鄉國度，筋疲力竭，再不能睡。

我想到你。記憶浮現出一個輪廓粗獷、五官精緻，灰藍眼眸呈現如冬季波羅的海顏色的容貌。起身的當兒，在黑暗中從臥床來到窗戶的當兒，我想著你的容顏。我的衣物落下地板，像是未完成的思緒。然後，我憶起昨晚，它帶來的恐懼寒意讓我止步不前。當時，收音機開著，一樣是每天下班後的歌曲時間，播放著我記不得是什麼曲目的輕快音樂。歌聲停止時，我正站在廚房找咖啡。

「**節目插播一個特別宣布。**」播報的女士以柔和圓潤的聲音說：「**在今天十二月十三日的上午，波蘭社會主義共和國宣布戒嚴。經過民主異議分子幾星期來的罷工和騷亂，以及共產主義第一個獨立工會團結工聯**Solidarno**（發音錯誤）**

的迅速崛起，該國政府透過電視演說宣布一系列嚴厲措施：各級學校及大學停課，封鎖國界，全民實施宵禁。我們將持續為您更新最新進展。」

音樂恢復播放。

我甚至沒辦法告訴你我那瞬間的感覺，那是最純粹的麻痺形式，身體必定在心智還來不及反應之前就已經關閉，我完全不知道自己後來是怎麼上床睡覺的。

我傍窗點了一根菸。外頭的街道空蕩蕩，夜雨在路面閃動微光，映出毗鄰的兩層樓房和噼啪作響的霓虹燈。街區那頭的漢堡連鎖店訴說著「二十四小時開放」；另一道紅白燈光低語著「汪達綠點便利商店」。遠方傳來警笛聲，怪異的是，它和家鄉的一個樣，每次入耳，我前臂的寒毛隨之豎起，回想起那遙遠城市充滿同樣刺耳聲音的那一夜。後來，那座城市成了一個輪廓，成了國外新聞的一則報導，而孤獨彷彿夜藍色的瀝青包裹了我。

我不知道自己是否真的想要你看到，但知道自己需要寫下來，因為你已在我心頭太久。自從十二個月前，我搭上飛機穿過厚厚雲層，越過海洋的那一天起。自從見到你的一年多來，感覺像在靈薄獄[1]——從那時候起，我就一直騙著自己。現在，我困在這裡，困在美國令人畏懼的安全之中，而我們的祖國卻分崩離析當中，我受夠了裝作已把你從心中抹去。有些事是無法靜靜抹去，不管喜不喜歡，有人就是對你握有這樣的力量。我現在逐漸明白，有些人、有些事會讓人失去理智，有如斷頭臺把人生切成兩半，死去和活著，之前和之後。

最好是從頭說起——或至少是從感覺像這樣的源頭開始。我現在意識到，我們從未談論太多彼此的過去。如果有過，或許會改變一些事，或許我們會更加了解對方，一切會變得不一樣。誰知道呢？不管怎樣，我可能從來沒跟你說過貝尼克的事。他比你早來十年以上，當時我九歲，他也是。

1 limbo，意指地獄的邊緣，有學說認為這是罪不至於下地獄又沒有資格上天堂的靈魂安息地，命運無法確定，只有上帝才能斷定。

第1章

我幾乎認識貝尼克一輩子了，他就住在我們位於樂斯拉夫的街坊附近。那裡有許多圓弧形街道和三層公寓建築，鳥瞰形成了一個巨大的老鷹，而老鷹也正是我們的國徽。每一棟公寓都有樹籬和設有小型花園的寬闊庭院，還有陰涼潮溼的地窖和布滿灰塵的閣樓。搬來這裡的每一個家庭甚至都還住不到二十年，我們的郵箱上仍寫著德文。每一個人——過去住在這裡以及後來取代他們的人——都被迫離開自己的家鄉。突然有一天，歐洲大陸的國界位移，就像我們在路面玩的跳房子粉筆線一樣重劃，戰後的德國東部成了波蘭，波蘭東部成了蘇聯。外婆的家人被迫離開利維夫的土地，蘇聯奪走他們的家，然後用與一、兩年前運送猶太人到集中營同樣的載畜火車送走他們，最後來到樂斯拉夫這個德國人已定居數百年的城市，住進才剛被從未相識的家庭所棄置的公寓，對方的盤子還在水槽，麵包屑也還落在桌上。這裡就是我長大的地方。

附近孩子一起玩耍的地方就在寬闊的人行道，兩旁林立著樹木和長椅。我們跟女孩子玩接傳球、跳繩，在庭院裡遍地跑著、尖叫著，跳向有如橄欖球門立柱的雙槓架子。婦人會在這架子上吊掛和拍打毯子，大人會要我們到別處去，我們就跑開了。我們是灰塵的孩子，夏天穿著吊帶短褲和長筒襪奔跑過街道，秋天落葉滿地時套上薄毛衣，在寒霜侵入地面，空氣刮搔著肺部，呼吸成了眼前的白霧之後，我們還是持續奔跑。到了春天的復活節星期一[2]，我們會朝著來不及逃開的女孩身上潑上一桶桶的水，追逐淋溼對方，然後渾身溼透回家。星期天時，我們會對著放在高高窗臺上避免被偷的牛奶瓶扔石子，當瓶子破裂，牛奶慢慢流下建築物，涓涓白色細流如淚水滑下被煤煙燻黑的外牆，我們就真的嚇得跑開了。

貝尼克是這群孩子中的一員，屬於比較大膽的那幾人。我想我們當時沒有說過話，但我知道他。他比我們大部分的人都高，不知怎地也更為黝黑，有著長長的睫毛和叛逆的眼神，為人體貼。有一次，我們做了現在早已忘懷的惡作劇，急急逃離大人時，我腳步一絆，跌在尖銳的碎石子上。其他孩子接二連三超前我，

2 Smigus-Dyngus day，是羅馬天主教的節慶，在中歐、東歐舉行，尤以波蘭為盛。在這一天中，男孩會往女孩身上潑水。

塵土飛揚，我努力站起來，發現一邊膝蓋流血了。

「你還好嗎？」

貝尼克站在我身前，伸出手來，我握上去，感受他身體的力量帶我起身。

「謝謝。」我悄聲說，他露出鼓勵的笑容後跑開。我盡快追著他，心情雀躍，忘卻了膝上的疼痛。

後來，貝尼克去了不同的學校，我就沒再看到他。但在第一次聖餐禮中，我們再度見面。

社區教堂離我們住的街道只有一小段路程，要先經過有醉漢出沒所以我們從不去遊玩的小公園，以及多年後母親安葬的墓地。我們每個星期天都要上教堂，外婆說有些家庭只有節日才去，或甚至從來不去，我很嫉妒不必這樣頻繁去教會的孩子。

第一次聖餐禮的課程開始之後，大家一星期會在地下聖堂聚會兩次。課程是柯澤斯基神父主持，他年老矮小但行動敏捷，藍色眼睛幾乎已褪去顏色。他大多數時候很有耐心，說話時會將兩手交握放在黑袍前，用暗淡疲憊的小眼睛看著我們。但有時候，我們嘰嘰喳喳或扮鬼臉等愚蠢小事會讓他暴怒。他會貌似隨意地揪住其中一人的耳朵，溫暖的拇指和食指狠狠扯著耳垂，直到我們視野發黑、眼冒金星。這很少針對最惡劣的行為，它像是一件任意武器，由於無法預測的隨機性質讓人更加害怕，有如不講道理的神怒。

我在這裡再次見到貝尼克，我很驚訝他在場，因為我從未在教堂看過他。他的模樣變了，我記憶中瘦削的男孩已開始轉變成大人——或者說，是我這麼認為——即使我們當時只有九歲，卻已經看得出他身上萌芽的男子氣概：結實的脖頸等待喉結的出現；當我們在神父的房間圍成一圈坐著，可以見到他的短褲下露出的結實長腿，皮膚底下有著明顯的肌肉，膝蓋上方開始出現腿毛。他的頭髮鬈曲烏黑，和過去一樣桀驁不馴；眼眸漆黑略帶淘氣，也仍和以前一樣。我想我們都認出對方，卻都沒有承認，經過幾次聚會，才開始交談。我不記得當時是什麼情況，身為孩子，是怎麼跟另一個孩子建立密切關係？或許只是經由共同興趣，也或許是埋藏在更深層的東西，一言一行都是無心的密碼。但重點是，我們的確自然而然地相處愉快。星期二和星期四下午的聖經課結束後，我們會一路搭著電車到市中心，沿途經過動物園，看著高棲在大門上方的霓虹獅子；經過圓頂的百年廳[3]，它是德國

3 Centennial Hall，一九一三年落成，是德意志帝國紀念抵抗拿破崙一世入侵的萊比錫戰役一百週年的建築，二〇〇六年被列為世界文化遺產。

人建造來紀念某個沒有人想要記得的事件週年；經過一座座橫跨寧謐的褐色奧得河的鐵橋。一路上有許多空地，城市就像缺了牙的嘴巴。有些街區只有一棟孤伶伶的燻黑建築，有如黑海中的骯髒島嶼，獨自佇立。

我們沒有告訴別人這些逃離之旅，因為雙方父母都不會允許。我媽媽會擔心憂慮：擔憂那些在市場廣場販賣小飾品、露出截肢的紅臉老兵；擔憂「變態」——這個字眼就像是一條兩腳蛇從她的嘴唇間吐露，既危險又令人興奮。因此，我們會不吭一聲就偷偷跑去，想像自己是獨自穿越城市的海盜。有他陪伴，我感覺自由，感覺受人保護。我們會去書報攤，手指滑過昂貴雜誌的大幅光滑頁面，指出我們無法理解的事物——亞洲僧侶、非洲部落成員、墨西哥的懸崖跳水員——驚嘆在黑白頁面底下閃耀的顏色，以及世界的廣大浩瀚。

我們也開始在其他日子的放學後見面，大部分是去我家公寓。在媽媽外出工作，外婆為我們帶來牛奶和撒糖麵包時，我們會在我窄小房間裡寬如葉片電熱器的地板上玩牌。我們只去過他家一次，那裡的樓梯跟我們的一樣潮溼陰暗，但不知怎地卻似乎更加寒冷和骯髒。公寓裡面倒是不一樣，書籍比較多，而且完全看不到十字架。貝尼克的房間和我的大小一樣，我們坐在那裡聆聽海外親戚寄給他的唱片，這是我第一次聽到披頭四，他們唱著〈求救！〉和〈我想要握你的手〉，瞬間就把我推入一個我熱愛的世界。他的父親坐在客廳沙發上看書，身上的白襯衫是我所見過最為明亮的東西。他很安靜，說話輕柔，而我羨慕貝尼克。我羨慕他是因為我從來沒有真正的父親，是因為我父親在我很小的時候就離開，之後也不怎麼想要見我。我對他的母親只有模糊的記憶。她烤魚給我們吃，大家一起圍坐在廚房的桌子，魚又鹹又乾，骨頭還刺到了我臉頰的內側。她也有一頭黑髮，眼睛雖然跟貝尼克的一樣，微笑時卻奇異地顯得心不在焉。儘管如此，身為小孩子的我，居然會同情一個大人，還是讓我覺得古怪。

有天晚上，媽媽下班回來，我問她貝尼克能不能過來跟我們住。我想要他像我的兄弟一樣，隨時跟我在一起。媽媽脫下身上的長外套，掛到門邊的架子上。從她的神情，我看得出她的心情並不好。

「可知道貝尼克跟我們不一樣。」她嗤笑一聲。「他不可能真的成為這家庭的一分子。」

「什麼意思？」我疑惑問道。外婆拿著抹布，出現在廚房門邊。

「別說了，葛莎。貝尼克是好男孩，而且他要去參加聖餐禮。好了，你們兩人快過來，菜要冷掉了。」

在一個星期六下午，我和貝尼克在我們家公寓外頭街道上，和附近鄰居其他孩子玩接傳球。我記得那是個溫暖潮溼的日子，太陽只從雲層後頭偷偷露面。空氣中不斷升高的熱度驅使我們奔跑玩耍，在栗樹樹冠底下感覺到被保護。我們沉浸在遊戲中，沒注意到天色愈來愈暗，開始下雨。路面受潮，顏色轉黑變暗，我們享受著酷熱日子後的溼潤，頭髮如海草黏在臉上。我鮮明記得貝尼克這個模樣，恣意奔跑，一心玩耍，快樂，而且徹底自由。等到筋疲力竭，雨水溼透了衣服，我們急急跑回我家。外婆當時站在窗邊，招呼我們回家，大喊我們這樣會感冒。回到屋裡，她帶我們到浴室，要我們脫光衣服，擦乾身體。我意識到自己想要看貝尼克裸體，驚訝這樣的願望迅速升起，等到他一絲不掛，我的心臟怦怦跳動。他的身體結實，充滿神秘感，看起來白皙、平坦、強壯，像是男人（或說是我這麼認為）。他的乳頭比我的大，比我的黑；陰莖也更大更長。但最令人困惑的是，它的頂端是裸露的，就像我們秋天玩的橡實一樣。我從未真正看過別人這個部位，心想我的是不是有什麼問題，心想媽媽之前說貝尼克不一樣，是不是就是這個緣故。無論如何，這樣的不同讓我興奮。擦乾身子後，外婆用大毛巾包住我們，感覺就像我們結束神奇國度的旅程回來了。「過來廚房！」她以反常的愉快語氣大喊。我們坐到桌邊，享受紅茶和鬆餅。我想不出還有比這更美味的東西，我深深陶醉，內心感覺到一種輕疼般的刺痛。

聖餐禮的旅行到來。我們往索波特北行，當時是初夏時分，是那種會抹去其他季節所有記憶的日子，光線和溫暖緊緊擁抱，讓人進入一種絕對的境界。大約有四十個孩子，我們搭巴士到森林附近的一個管制休閒中心，而海洋就在森林的另一頭。我跟貝尼克及其他兩個孩子住同一個房間，床是雙層床，我睡在他的上舖。我們會散步、歌唱和禱告，玩柯澤斯基神父安排的聖經遊戲，造訪森林裡一座隱身松林間的古老木造教堂，然後像是一大群服從天使，拿出念珠祈禱。

下午是我們的自由時間，我和貝尼克會跟其他男孩去海灘，在冰冷洶湧的波羅的海游泳。之後，我和他會擦乾身體，丟下其他人，爬上沙丘，跋涉穿過月球地貌的沙灘景觀，直到找到一處完美的頂峰，這裡高而隱蔽，彷彿休火山的火山口。我們會在那裡如同飛過海洋的疲憊鸛鳥，蜷縮起身子，在和煦夏風吹拂背部中，朦朧入睡。

在外宿的最後一晚，指導員為我們籌辦了一場舞會，慶祝我們即將到來的典禮。休閒中心的食堂布置得像迪斯可舞廳，場上提供甜味的莓果飲「康波特」（Kompot）和椒鹽餅乾棒，收音機播放音樂。剛開始，我們都很害羞，感覺像是被推入到成年。男孩穿著短褲和長筒襪站在一邊，女孩身著裙子和白色上衣在另一頭。在一名男孩受邀和他的妹妹共舞後，大家開始進入舞池，成雙成對或是成群結隊，就這麼擺動蹦跳。飲料和音樂，以及意識到這一切真的都是為了我們，而興奮不已。

我和貝尼克跟同寢室的男孩三三兩兩結隊跳舞，此時，場上燈光毫無預兆突然熄滅。外頭的夜色早已降臨，現在它衝進室內。女孩驚聲尖叫，而音樂仍舊持續播放。我覺得開心，忽然因為黑暗帶來的可能性而情緒激昂，心中某種未知的屏障逐漸消失。我認得出身邊貝尼克的身影，親吻他的需求有如野狼從黑夜中悄悄現身。這是我第一次意識到想要把某個人拉向自己，這樣的欲望湧向我，有如來自內心深處的明確訊息，來自一個我過去從未察覺卻立即認出的地方。我神思恍惚移向他，在我拉他過來擁抱時，他的身體毫無抗拒，我的臉貼著他的臉，感受他骨頭的硬度和他溫暖的氣息。就在這個時候，燈光重新亮起。我們看著對方，眼神滿是驚駭，意識到身邊有人注視。我們分開來，而儘管繼續跳舞，我卻再也聽不到音樂。我被傳送進入自己人生的展望，這讓我暈眩到覺得天旋地轉。出自深藏的恐懼和欲望，沉重而鮮活的羞恥感具體成形。

那天晚上，我在黑暗中躺在貝尼克上方的床鋪，試圖檢視這種羞恥。它就像是一個新生的器官，巨大駭人，不斷脈動，突然間成了我的一部分。我完全沒想過貝尼克或許也在思考同樣的事，我無法相信其他人的立場可能跟我一樣。我在腦海中一再又一再重現那個時刻，看著自己把他拉過來，我在枕頭上不斷轉頭，希望它走開。當睡意終於前來解圍時，天已經快亮了。

隔天早晨，我們扯下床上的床單，打包行李。男孩們很興奮，高談迪斯可舞會和最漂亮的女孩，談論回家和真正的食物。

「我等不及要吃煎四顆蛋的歐姆蛋了。」一個胖嘟嘟的男孩說。

有人對他扮了鬼臉。「你這貪吃的豪豬！」

大家都笑了，包括貝尼克。他的咧嘴大笑，露出全部的牙齒。我可以直接看到他懸盪在喉嚨後方的扁桃腺，就這麼隨著笑聲律動。儘管屋內掀起一波共同歡笑的浪潮，我還是無法加入。就好像有一道牆把我和其他男孩隔開，一道我以前不曾見過，現在卻已清晰可見且不可逆轉的高牆。貝尼克試著引起我的注意，我卻羞恥地轉開視線。當抵達樂斯拉夫，各家父母來接小孩時，我感覺自己回來後已變成一個不同的人、一個卑劣的人，再也無法回到過去的自己。

隨後的一星期沒有聖經課，媽媽和外婆縫製好我的儀式白袍，就接著開始做菜，準備迎接來訪的親戚。家裡洋溢興奮之情，我卻感染不到。貝尼克提醒了我，我已經釋放出可怕的東西，釋放了珍貴又危險的東西進入這個世界。然而，我還是想要見到他。我沒勇氣去他家，卻仔細聆聽敲門聲，希望他會來。但他沒來，反倒是聖餐禮先到來。儀式的前一晚，我幾乎睡不著，知道就要再次見到他。我清晨起床，用冷水洗臉。當天是個晴朗的日子，在夏季的這一星期裡，一團團毛絨絨的白色種子飛過街道，覆滿了路面，早上光線明亮到近乎刺眼。我套上高領白袍，它長及腳踝，讓人很難移動。我必須像僧侶一樣，舉止端正嚴肅。我們很早就到教堂，我站在眺望街道的臺階上，見到一家又一家的人匆匆經過我身邊，女孩穿著白色蕾絲禮服，頭上戴著花環。柯澤斯基神父身著紅袖金線長袍站在那裡，和興奮的家長說話。大家都在，只除了貝尼克。我站著，在人群中尋找他。教堂鐘聲響起，宣示典禮開始，我感覺胃部空落落。

「親愛的，進來吧。」外婆按著我的肩膀說：「就快開始了。」

「但貝尼克——」

「他一定在裡面了。」她的聲音沉重。我知道她在騙人，她拉住我的手，我任由她帶我進去。

教堂裡面很涼爽，風琴開始奏樂，外婆牽著我走到海蓮娜旁邊，她是一個表情冷漠的女孩，一頭濃密髮辮，戴著蕾絲手套，我們手牽手穿過走道，小男孩和小女孩全都一身白衣，兩兩成對，魚貫行進。柯澤斯基神父站在前方，講述我們的靈魂和純真，以及與神同行的開始。濃郁的焚香味道讓我別開頭，從眼角餘光，我見到教堂長椅坐滿各個家庭，瞥見外婆和她的姐妹以及媽媽緊張又驕傲地看著我。手中海蓮娜的小手出汗發熱，就像小動物，而依舊沒有貝尼克的蹤影。柯澤斯基神父打開聖櫃，取出放滿聖餅的銀盤。音樂如雷聲般響起，風琴奏出宏亮而哀傷的樂聲，男孩女孩逐一上前，屈膝讓他把聖餅放進我們嘴裡，置放在舌頭上，然後我們一個接著一個走開，離開教堂。我前方的隊伍愈來愈短，很快就輪到我。我跪在紅毯上，他蒼老的手指把薄餅放在我的舌頭上，乾燥與溼潤相接。我起身，走進外頭刺眼的陽光裡，感覺既困惑又害怕，嚥下口中苦澀的混合物。

隔天，我去了貝尼克的家，舉起顫抖的手敲門，手心不由自主地直冒汗。過了一會兒，我聽見另一頭傳來腳步聲，門開了，出現一個我從未見過的女人。

「什麼事？」她粗聲粗氣說道。她的體型龐大，面孔就像灰色縐紋紙，嘴巴叼了一根菸。

我嚇了一跳，問說貝尼克在不在，我的聲音意識到這是白費力氣。她拿下嘴上的香菸。

「你看不懂門上的名字嗎？」她敲敲門鈴上方的小方塊，上面用大寫字母寫著「科瓦斯基」。「那些猶太人已經不住在這裡，懂了沒？」她的語氣就像在呵斥狗兒。「好了，別再來煩我們，否則我老公會狠狠揍你到永生難忘。」她在我面前關上門。

我愣怔站在那裡，然後在樓梯跑上跑下，在附近房門尋找「艾森斯坦」，又按了其他門鈴，心想自己是不是找錯公寓。

「他們走了。」一個聲音從半開的房門輕聲說道，那是我在教堂認識的女士。

「去哪裡？」我問，絕望暫停了片刻。

她環顧一下樓梯平臺，像在察看有沒有人在聽。「以色列。」這個名詞只是個低語，我完全不懂它的意義，只是吐露它的不祥聲音仍讓人不安。

「他們什麼時候回來？」

她的雙手握著門邊，緩緩搖頭。「小朋友，你最好去找別人玩了。」她點點頭，關上門。

我站在悄然無聲的樓梯間，感覺恐懼從肚臍眼升起，縛住我的喉嚨，掐住我的眼睛。淚水如融化的奶油，滑下我的臉頰。好一陣子，除了它帶來的灼熱感，我什麼也感覺不到。

你可曾遇到過像這樣的人？一個年少時徒勞愛著的人？你可曾感受過我這樣的羞恥感？我一直認為你必定有過，不可能像裝作的那樣毫不在意地度過一生。但現在，我開始認為，不是每個人都會承受同樣的痛苦；事實上，不是每個人都會受苦。至少，不會因為同樣的事情。而就某方面來說，我們正是因為這樣而有了可能，你和我。

第2章

我們當時都搭著那輛巴士，那是在一九八〇年的華沙，天氣溫暖，剛步入六月，是我們最後的大學考試之後的一個夏天。儘管我們同一年求學，卻不認識彼此。你從不去聽課，從不需要去聽，所以我們也可能永遠沒機會認識。

巴士還在等其他乘客抵達。橘色的羊毛窗簾拉起遮陽，我坐在窗邊重讀《你往何處去》，我比較著重在愛情故事、英雄式的轉折和對立的勇氣，而不是書中的宗教部分。我當時的人生就是這麼過的——透過書本。我把自己封鎖在故事裡，在晚上夢想其中的角色，假裝那是我。書是我的盔甲，用來對抗現實生活的堅硬外緣，我隨時攜帶，像是口袋中的護身符。我認為書本可說是比周遭的人們更真實，周遭的人們都在否認中說話和生活，注定永遠不會做出任何值得一提的事情。

我拉開窗簾，看著自己在窗戶上的映像。有時候，我喜歡我見到的模樣——弓形長鼻，一雙杏眼；但大多時候卻不。大多數的日子中，我感覺到一種對自己的模糊恥辱，對二十二歲的身體有種疏離感。

愈來愈多人上車了，氣氛興奮起來，交織著夏天的許諾。我隔壁的座位一直空著，直到凱洛琳娜出現，猛然坐下，大嘴巴的笑容帶著她獨特的嘲諷意味。

「準備好變成農夫了嗎？」她說。

我把書放到大腿上。「迫不及待。」我說，努力面無表情。

凱洛琳娜大笑，頭往後躺。「而我迫不及待想看你在田裡彎腰，弄得髒兮兮了。」

巴士現在幾乎已經坐滿人，司機咬著菸爬上車後，就發車了。我們的身體隨著引擎的隆隆節奏而震顫。陽光流瀉在我的臉上，窗外是城市的象徵——史達林文化宮[4]——它的尖塔直入淡藍的天空，仰望它讓人脖子發疼。我奇妙地高興起來，我一直喜歡「離開」這項行為，在出發和抵達之間，似乎不知身在何處，就由另一種時間定義。這趟旅程讓我想起四年前搭車的情景，那一天是我第一次獨自搭火車到華沙，留下舊時的自我，前往首都。我跟外婆站在月臺上，身邊放了

4　一九五五年落成，是蘇聯給波蘭的贈禮，樓高二三七公尺，為波蘭第二高的建築物，現已改名為科學文化宮。

兩個大型行李箱，外婆戴著手套的手以手帕拭著失去神采的眼睛。她不希望我走，卻什麼也沒說。我當時十八歲，渴望離開。我匆忙吻吻她就上了火車，心中覺得離開她很自私，手中則拖著行李箱走往我的隔間，經過在狹窄走道探出窗外抽菸的軍人。我到隔間安頓好自己，就在穿著破舊西裝的男人和戴帽子的女人之間。他們喝著保溫瓶的茶，削著蘋果皮，吃著包裹在蕾絲布料裡有如受洗嬰兒的水煮蛋。火車已經起動，我沉靜下來，望著森林中的村莊匆匆掠過。自私。長大成為自己就是這樣。

巴士開向橫越維斯瓦河的橋梁。樹木翠綠，彷彿一頭濃密的鬈髮，盈滿河岸。空氣中彌漫著椴樹和紫丁香的香味，令人陶醉的芬芳和繽紛，浸潤了整個城市。沙質河岸杳無人跡，整段河堤顯得荒涼。若不是茂密樹林的正後方露出眾多灰色高樓的頂端，這裡就像不曾有人住過。

我轉向凱洛琳娜，她抽著菸，大嘴塗著珊瑚紅的唇膏，在菸嘴上留下印記。我不記得是否看過她塗過這種顏色以外的唇膏，或是沒有留這樣勾勒出她不羈眼睛的深金色劉海。

「你還好嗎？」她偏著頭問道。我點點頭，不禁微微一笑。我很高興有她陪著我。我們在大一認識，之後她就像是我的姐妹一樣。我在意的事有一半是她教的，她有一疊違法的書籍，我們會一起閱讀討論。她向我引介了西蒙波娃和立陶宛出身的波蘭詩人米華殊，還有辛波絲卡的詩作和波蘭記者卡普欽斯基的旅遊記述。有時候，她會把我們的國家比作海爾．塞拉西皇帝治下的衣索比亞，宣稱我們需要類似的革命。我讚賞她說出想法的勇氣。

每當我問她是不是不怕大聲直言，她就會皺著眉頭說：「**拜託哦！**」媽媽和外婆灌輸我許多恐怖的故事，提到她們過去認識的人因為一個批判性發言就失蹤的事。

「史達林已經死掉很久了。」凱洛琳娜會這麼說：「我們知道這體制是個鬧劇，**他們**知道它是鬧劇。謝天謝地，我們不是在東德。在這裡，他們是在夢遊。」

鄉野景象開始映入眼簾，我們顛簸經過廣闊田野、樺木林、綿延不斷的松樹，以及探出教堂尖塔的老舊小城鎮。我不知道凱洛琳娜是否完全了解我——我認為她有所懷疑，不過她從未逼迫，從未逼問，這讓我對她始終心存感激。我不知道如果我是她，是否能做到同樣的細膩。只有一次，她幾乎就要越過界。那大約是在營隊開始的一個月前，我們去國家劇院觀賞本國劇作家姆羅熱克的作品《探戈》後，想喝一杯，她就帶我去一間隱身在舊城區狹窄小街的小酒吧。她說，這裡是演員來的地方。這地方煙霧瀰漫，吧檯旁淨是活力十足的深色人影，甚至外溢到人行道上。此時，剛步入夏天，我看得出這些男人大部分的本質，但剛開始，並不想要真的這樣。他們有一種深深擾亂我的熱情，宛轉的嗓音，語句中不時加上的「親愛的」，迅速瞥過的渴求眼神，以及隨著唐娜・桑默在催眠般電子節奏吟唱「我愛你」時，擺動臀部的模樣。我曾經很喜歡這首曲子，現在卻為此痛斥自己。他們偷瞄了我一眼，我覺得被看穿了。凱洛琳娜似乎沒注意到有何不尋常，這裡也有女人，她們無拘無束，像是心照不宣，而且喧譁。我斜眼看著凱洛琳娜，心想她是否真的沒察覺，還是只是在假裝。我當下就想離開，想要停止留意，停止找尋我渴望卻永遠無法擁有的面孔，但凱洛琳娜為我們點了酒，我設法繼續留下來聊天，讓眼神大部分放在她身上。我們快喝完啤酒時，我變得焦躁生氣，問她為什麼帶我來這裡。她一如既往地漫不經心，說是有朋友推薦了這個地方。

「什麼朋友？」我問。

她扮出思索的模樣。「你不會認識他的。」

我點點頭，嘲弄地笑了笑。「好，我們現在可以走了嗎？」

她一副沒聽到我說話的樣子，神情毫無改變。她一口氣喝完手中的啤酒，把錢放在吧檯上，從高腳凳上起身。「我先去上個洗手間。」

她走開了，而我獨自站在人群中，感覺完全無能為力，有如一個窘迫的孩子置身在無法掌握的歡樂之中。不，情況更糟。在我身邊，兩名曾經打量我們的西裝老頭興奮地說著話。

「親愛的，知道嗎？」其中一人以聽得見的耳語對朋友說話，他的外套翻領滾著毛皮，聲音醉醺醺。「你一定要看看我之前跟你說的書，鮑德溫未出版的作品，它讓我感動落淚。如果它無法喚起你，那就沒有東西辦得到了。」

另一人非常瘦削，他點點頭。「你會拿給我看吧？親愛的。」

「好，但要小心看哦，你知道那甚至不是我的書，是她的。」他指著吧檯另一頭穿著白色絲質襯衫的男子，對方很投入地在跟一個有著微鬈金髮和小巧翹鼻的漂亮男孩交談，那男孩看起來像是我們剛才觀賞的戲劇的演員之一。

此時，凱洛琳娜上完洗手間回來，然後我們離開了。我決心不從這地方帶走任何東西，不留下回憶，也不為自己下結論。但就像使盡全力往天空一擲的石頭，那天晚上的點點滴滴——那些男孩和想要他們的男人，那些調情，以及我只能用猜測的誘惑暗碼——比我遇上的當時，更加強烈重返我腦海，顯然萬有引力定律也適用於記憶。有一天，當我在圖書館試著好好用功，以澄清思緒時，我想起了那本書。我在外國文學類的目錄找到那個作者，他的全名是詹姆士·鮑德溫。他的作品列成了清單，其中只有一本沒有官方譯本：《喬凡尼的房間》。必定就是這一本，我心想。我闔上目錄，努力忘記它。但那個書名卻像鬆動的牙齒招惹著，讓我心神不寧。我著手找尋它，經過幾個星期的尋覓，幾個星期詢問面露懷疑的店員，聽到他們說沒有這本書，它不曾有過譯本之後，我走運了。它出現在營隊開始的前幾天，在一家專賣藝術和歷史書籍的古董書店裡。這家書店老板可能是酒吧那些男子的朋友，他意味深長地看了我一眼，幾乎像是愉快，然後走到後面的房間，拿了一個沙沙作響的牛皮紙袋出來。

到了整理行囊去營隊的時候，我撕掉書的封面，把書頁整齊貼進另一本書裡面，再把它深深放進背包的底部。

我們的巴士在黃昏時分抵達，太陽已開始變弱，但還沒有完全西沉。營地在一處村莊外圍，環繞著低矮木籬笆，另一頭有小河流過。巴士停在主建築前面，它是一幢寬廣的混凝土平房，正面掛著時鐘，一排旗幟（白和紅，鐮刀鍾頭[5]）軟弱無力地垂掛在屋前。一名身著制服的矮壯男子以其細小專注的眼睛，盯著我們爬下巴士，旅程讓大家微微暈眩震顫。

「我是貝爾卡領導同志。」他大聲說道，然後命令我們在他前面排成一列。他的聲音中有一種專橫感，舉止顯得既厭倦又生氣。我曾在學校老師身上觀察到同樣的疲憊和怒氣，他們很難相信體制，但又懲罰其他有同樣行為的人。「歡迎來到工作教育營。」貝爾卡大聲說著，一邊在我們排成的隊伍旁邊來回走動。「我要讚揚你們登記參加這個重要服務。」我們面無表情，但大家都聽懂他語帶諷刺。這營隊是強制性的——不參加就不能畢業。他繼續演說，讚美農業工作的重要性、工人階級在我們社會主義鬥爭的角色，還有為祖國工作貢獻的責任，而即使是「知識分子」（他皺著臉說出這個名詞）也不例外。他說，服從是關鍵。

這是我們這一生全都聽過的同樣長篇大論，只是說服力或多或少不同。我轉

5 波蘭國旗是上白下紅的顏色，鐮刀錘頭是一種源自俄國革命的共產主義標誌。

頭順著隊伍找尋凱洛琳娜，眼神卻落到了你身上。我以前從未見過你——至少，並未有意識看到。然而，我的心卻奇異地如釋重負，彷彿它認出了某人。你跟我一樣高，肩膀寬實，一雙淡色眼眸，和你的黑髮截然不同。你全神貫注看著貝爾卡，我用了片刻時間，仔細看了你，我忘卻了自己，毫無防備。彷彿本能地，就像動物突然察覺到視線一樣，你轉頭看向我，我來不及轉開目光，我們四目相接，在空中鎖住了一個無窮無盡的時刻。一陣灼熱從我的肚子傳向臉頰，思緒如一團線繩般混亂。我盡快別開頭，在隨後的演說中，直視著領導同志，心卻磕磕絆絆，努力恢復鎮靜。

等貝爾卡說完，我們從巴士拿下行李袋，隨後被分配到散落營地各處的小屋。我跟弗伊泰克、德瑞克和菲利普在同一間。他們是和氣的男孩，個性出奇地不成熟和天真。我們共用兩張雙層床、一張桌子和兩張椅子。我們去食堂吃晚餐，那裡由一群繫著圍裙、戴著扁塌無邊紙帽的婦人供餐，她們站在餐檯後方，彷彿許多年前就已經被人留在那裡。一名體型大、板著臉的婦女供應番茄米飯湯，一名皮膚紅潤、外表看不出年紀的女孩負責舀甜菜泥和馬鈴薯。我和凱洛琳娜及室友坐在一起，他們自在地說話，開玩笑打趣，而我心不在焉。我環顧食堂，視線穿過長桌、混亂的聲音和叮噹作響的餐具，直到找到你。你坐在食堂另一頭的桌子，頭轉向一名女孩，和她起勁地聊著。你的黑髮在食堂明亮的白光下，閃動著光澤，你身上有種奇異的聚焦，有種輕柔卻剛強的眼神，激起我的羨慕和欲望。彷彿你的存在已經征服了我，像是我無法判讀的預言。

那天晚上，我清醒躺在床上，身邊其他人很快就入睡了，月光透過半開的窗簾灑入。鮮明的回憶叩著我意識的大門，我想到的是一個舊時噩夢，一個我兒時經常夢到，一個在貝尼克離開前後，殘酷降臨在我身上的夢。

在夢中，我站在無邊無際、雜草叢生的田野。一切事物彷彿石化一般，都靜止不動，籠罩著一種令人難以忍受的靜默。這裡沒有任何人，不只是我附近和聽力所及的範圍，而是到處都沒有。因為夢中無法解釋的邏輯，我確信自己在這世界上孤獨伶仃，是被拋棄的種族的最後一個成員。我環視四方，發現雜草間露出的長方形石塊。石頭的表面空白光滑，我知道這是墓碑。它們盯著我，靜寂無聲，使得我的心臟惶然直跳；站在這裡就像是無限的墜落。這一切似乎是無可否認的真實，不像夢境，而是預告。醒來時，我會感覺像是受到侵犯。在外頭黑暗的夜色裡，栗樹的枝椏在風中搖曳，劃過窗戶，像是要求入內的怪物；我不假思索下床，躡手躡腳走過冰涼的木地板，前往媽媽的房間。我們會一起睡，她會用雙手從背後摟著我的肚子，走味的溫暖氣息就在我的頭部上方，我們的呼吸一致，深深淺淺，吸氣吐氣，直到驅走黑暗的清晨到來，外婆會過來叫醒我們，我們在她的責罵聲中，揉著眼角的睡意。

「這樣不對——你們兩人太親近了。」有一次她叫醒我們時這麼說道：「男人跟他獨身的媽媽睡同一張床，會變成什麼樣子？」她易怒的喉嚨直接發出刺耳的聲音。

「媽，他做了噩夢，況且他不是大男人，還只是個孩子。」媽媽說。她坐起身，從我身上移開雙手，但外婆仍舊神色不快。

「他愈來愈大了，瑪葛莎，即使妳認為他只是小男孩。而且這個家沒有男人可以作為示範，家裡全是女人，誰知道他會變成怎樣軟弱的男人呀？」

「拜託妳不要任何事都扯到男人好嗎？」媽媽大喊。

「我才不軟弱！」我大叫，在床上站了起來。「而且媽媽不需要別的男人，我可以照顧她。」

「等你離開家，跟別人結婚之後呢？」外婆問，聲音變得尖銳刻薄，像在模

處。只是，我會在腦海帶著同樣的印象醒來，這就像黏蠅帶上的蒼蠅。多年的渴望像是肌肉般壓縮，無情地搏動，我感覺有如無端留在爐火上燃燒的瓦斯火焰。

有一天，就在期末考前的放學後，在我再也無法承受的時候，我沒有直接回家，而是獨自在城市裡穿行，感覺世界遠離我。我漫無目的走著，聽著身邊情侶對話的片段。他們為了約會，穿西裝打領帶，襯衫搭配裙子，髮型精心整理，男士拿著女士的外套，有說有笑，贊同地看著她。我還經過一群群穿著藍長裙和及膝白襪的校服，從學校走出來的女孩，她們成雙成對走著，髮辮像是尾巴一樣垂在身後；也經過一群群坐在長椅上臉色發青發紅的男人，他們默默抽菸，拿起未貼標籤的瓶子喝酒。這城市又髒又破，建築表面有著一層層的煤煙和歲月痕跡，完全沒有乾淨和清澈的地方，是一個混濁的二手世界。感覺就像我永遠無法脫身，無法擺脫自己，無法擺脫這一切。我不斷走著，腿和腳發疼，而這是唯一稍稍讓我平靜的事。

在河流的另一頭，太陽落在大教堂破損的塔樓上。商店開始打烊，穿著黑鞋的男男女女匆匆走出建築物，排隊等候巴士。我不打算回家，而是站在老舊的市場大廳，看著婦女提了裝滿蔬菜、麵包的網袋離去，我進入大廳，見到小販打包貨物。到了樓上，我漫步在鐵皮走道，經過小商店，正下方是掛著燈的巨型斜面屋頂和鐵製升降梯。一家商店中，有個老人站在櫃臺後方，他稀薄的白髮整齊橫過頭皮。店中只有一顆電燈泡，懸掛在距離他的臉龐不遠的天花板上，我不由得走了進去，見到他身後的架子上放著沒貼標籤的瓶子。「一公升的。」我說，他帶著隱晦的好奇心打量我，然後從身後拿了一瓶，我拿出零用錢付帳。

我把瓶子藏在外套裡，走向奧得河附近的舊城公園。大家都知道它是「倒置者」[6]聚集的公園，我在公園外頭找了一張長椅，看著各個母親和情侶隨著夜色降臨離去，我拿出瓶子啜飲，它燒灼了我的嘴巴和喉嚨，燒灼感直入內心深處。疼痛過後的是緩解。

等到覺得足夠強大和模糊時，我走進公園黑暗的入口。剛開始，它似乎空無一人，我開始因為恐懼和可能性而顫動。

朦朧的月光照著一張背對河岸的長椅，我坐了下來，感覺身子顫抖，膝蓋不由自主跳動。我再輕啜了幾口，環顧周遭，眼睛逐漸適應了黑暗。步道上出現了

6 invert，也有男同性戀者的意思。

一個身影，他慢慢走來，坐到我身邊。我不太敢細看他的臉。他問我幾歲，聲音輕柔平淡。

「十八歲。」我謊稱，感覺到他點點頭。

「你是個漂亮的男孩子，晚上來這裡做什麼？」我知道自己仍在顫抖。他把手放在我的膝蓋上，讓我的身體鎮靜下來。「你很緊張，對吧？」他說。

我點點頭，因為這樣的接觸安心下來，而終於敢抬頭看他。我立刻注意到他的歲數——他都可以當我的父親了——以及他的神情有多麼疲憊，彷彿生活已奪去他人生的大部分，只留下軀殼。然而，他的手放在我身上的感覺卻如此舒服。他從夾克內層口袋拿出一個隨身酒瓶，遞給我。我喝了一口，感受到他留在瓶蓋的氣味，不禁想像他赤裸裸在我上方的模樣。這種可能性的力量隨著燒灼喉嚨的酒精，讓我心醉神迷。

「來吧。」他說，一邊從我手中拿走隨身酒瓶，手恣意游移在我的大腿上。「我們走，找個安靜點的地方比較好。」他沒等我回應就起身，我跟隨著他。我跟著他進入徹底的黑暗裡，走向灌木叢中的缺口，那裡漆黑到讓我感覺像眼睛瞎了。我腳步不穩，走著走著他停了下來，我撞進他的懷裡，兩人驀然面對面。黑暗很舒適，就好像我們融入夜色，發生的任何事都不算完全真實。他開始撫摸我的頸項，他的手指粗糙帶著繭子，急促的呼吸對著我的臉。我的心臟簡直就要跳出胸口。他的手急忙而熟練地解開我褲子的腰帶，掏出我的老二，而它歡迎著未知手指和夏日氣息的觸摸。他跪下來，身影從我的視線消失，以嘴巴溫暖的洞穴包覆我。這感覺棒極了，就好像我滑下隧道，或是它穿過了我。我的頭往後仰，見到天空的星辰。然後，我聽見他飛快拉下拉鍊，察覺到他在自慰，快速迫切的行動讓我激動興奮。我們就這樣騁馳，他氣喘吁吁而我大口喘息，我內在的急迫和卑劣如高熱般升起，如無法遏止的尖叫，不斷攀升、主宰一切，直到光線爆炸，我閉上眼睛，在他嘴裡爆發，溫暖和溼潤在極致的解脫中相遇。

我想要立刻跑回家，知道自己必須離開這裡，想起現在必定已擔心極了的外婆。但我沒有。因為，在這個陌生人嘴中釋放自己過後，這感覺幾乎就像我已經不再擁有家。所以，在他低哼一聲完事，兩人拉上拉鍊後，我們回到那張讓彼此在我的生活另一端相遇的長椅，開始交談。我們之間的屏障突然移開了，他透露一個又一個故事，而我不斷提問，感覺學習是我的責任。他告訴我關於他的第一次，那是在森林裡跟同村的一個農人。他告訴我他參戰的經歷，是如何幾近喪命，又是如何在戰俘營被俄軍強暴。我點點頭，說很遺憾，然後要自己不要有所感覺，不能讓他的痛苦滲透我。

「你跟家人同住嗎？」我連忙問道。

他笑了笑，說自己一個人住在那種大型中產階級公寓的單人房間，這些公寓是德國人在這座城市仍稱為布雷斯勞時建造的，現在已經幾乎成了廢墟，而它們一間最多可以容納十二人，他跟三個同樣住單人間的家庭共用一個廚房和一個浴室。他說，他每天晚上都會來這公園。我不知道他為什麼對我這麼坦誠，但這讓我感覺比較不孤單。

「那你怎麼找到你可以……」我遲疑。「愛的人。」

他不快地呼了一聲，然後首次露出笑容，顯露出一排灰色的牙齒。「身為一個基佬，一個0號。」他終於說道：「總是孤獨的，而你將會學會忍受它。有些人有妻有子——」他點點頭。「——就像你稍早見到經過這裡的那位，但他們是最慘的，對自己的忍受度甚至更少。至少，我是自由的。」他望向黑暗公園，點了一根菸，呼出一口煙到夜色中。「我們施與受一夜的愛情，也或許是幾星期，但不會持續得更久。有太多憤恨、太多敵意。像這樣的話，你就是為快樂而活，並且希望警察不會阻擋你。提醒一下，他們阻擋過我幾次，而我總是設法靠著口才脫身。」

他的話之後縈繞在我心中好長一段時間。我跟他說了我的名字——因為他跟我說了他的名字，我感覺自己欠他一個名字——但我從未想要再次嘗試，再次接近這汙穢的誘惑。我從不想要跟他一樣。我最大的恐懼是孤獨終老，部分的我確信自己就會這樣收場，這是一個人所會遇到最糟糕的事，而我知道自己將無法承受。我決定永遠不要再回到那個公園，永遠不要再以同樣目光看班上男孩，要改造自己。當晚回家後，外婆衝過來問我去了哪裡，她哭著聞到我呼吸中的酒味，就給了我一巴掌，後來又擁抱我，經過這樣的一夜，我決定永遠不要讓我內心的壞掌控一切。

大約在這個時候，或是不久之後，我認識了喬卡。她是我學校朋友的朋友，我知道她喜歡我。我見過她參加學校體操錦標賽，她的身體緊實纖長，和其他女孩子的柔軟圓潤不一樣，後者讓我害怕。有一天晚上，在體育館的學校舞會中，我在瑪麗勒·諾蘿維奇的歌聲中親吻了她的小嘴，當我努力沉迷於明知永遠不會覆蓋我的事情時，這首歌的憂鬱充滿了整個空間。體操吊環就垂吊在我們上方，散發出皮革和汗水的氣味。

那個星期，我牽了喬卡的手，在我們家的街道來回散步。外婆和媽媽從廚房窗戶看到我們，兩人都露出驕傲的笑容。

○○○

來到營隊的第一天早上，我們很早就被叫醒了，他們衝到小屋吹口哨，只留給我們足以到洗手間刷牙、到食堂喝點牛奶湯和茶的時間。在隨後幾星期，我發現到不管我們在吃什麼，食堂總是彌漫高麗菜和油脂的味道，就好像整棟建築在我們抵達前不久才剛浸泡在這兩種東西的混合物裡。每一天我們都排隊等候不是真心想要的東西，而這慢慢成為我們唯一知道的事。

早餐過後，我們拿到制服，是男女同款的綠短褲和綠襯衫，由僵硬粗棉製成，在皮膚上的觸感就跟帆布一樣。我們離開小屋在主建築前面再次集合，大腿和臂膀感受到清晨陽光的涼意。領導同志略帶滿足的目光游移在我們身上。

「未來幾週你們要去那邊的田裡拔甜菜。」他指著營區圍籬後方厲聲說道，然後拿出名單點名，把我們分成小組。

叫到我的名字之後，我加入站在一邊的一群人，裡面我只認得你，我的胃不由自主猛然一跳。我們四下走動介紹自己，碰到你的時候，你握住我的手——你有著豐厚溫暖的大手——以清晰的低沉嗓音說出自己名字，表露天生的自信。我幾乎無法回應。你的臉龐寬闊堅實，結構優美，高高的顴骨有如哨站，護衛著那雙極為灰藍的狹長眼睛。

「很高興認識你。」你說：「我是亞努許（Janusz）。」

亞努許。這音節的高低起伏和連結是如此順理成章，幾乎必然如此，它銜接的聲音是如此熟悉，如此自然，讓我多年後才意識到它各部分隱藏的意義：「Ja」在我們的母語中代表「我」，而「nusz」的音聽起來就像「刀子」。

領導同志的口哨刺耳地劃破空中，示意要我們穿過營地。當各組開始移動，我讓自己落在後頭，看到你走在前方，我感覺痛苦，又鬆了一口氣。我們在彷彿無邊無際的廣大農田重新集合，看著領導同志和一名來自村莊的農人示範如何拔甜菜。農人臉龐紅潤，穿著羊毛長褲和捲起袖子的舊襯衫。他們要我們用手撥開甜菜旁邊的泥土，抓住葉子和球莖交會處，用力把整棵植物連根拔起。每一組都分配到一部分的農田，還有籃子和手套。我們每天從早上九點工作到傍晚五點，以達到指定配額。

「各位同志！不要拖延。」貝爾卡大喊，試圖同時看著我們所有人。「我會在農田巡邏。」

整個作業方式對我來說似乎都很陌生，等我們開始行動，我的身體沉重堅硬，感覺像是金屬結構。我必須跪在褐色土壤才能拔甜菜，心神焦慮不安。你在第一排，彷彿在帶領我們，你背部挺直，彎著雙腳，行動敏捷。皮膚底下顯現肌肉的運作，肌腱如繩子拉緊般收縮，靜脈沿著下臂穿行，彷彿地圖上的河流縱橫交錯。你的雙手強壯厚實，指甲方方正正，指頭粗得像螺絲起子的把手。**這不是屬於城市的雙手**，我記得自己這麼想著。

過了一陣子，我的身體開始發疼，但看到你這樣行動，也讓我堅持下去。太陽愈來愈大，把溫暖照射在我們的手臂、雙腿和後腦勺上。汗珠伴隨我們的動作開始成形，剛開始互不相連，零星分散在額頭和脊椎尖端；之後，隨著我們持續作業，加速形成，汗水如涓流滑下。我努力堅持，感覺到身體的疼痛，但同時也察覺到疼痛逐漸撤退，隱藏在不適底下的毅力令我詫異。我們持續前進的節奏，土壤的觸感以及植物的感覺成了一種催眠。氣味潮溼、刺鼻、新鮮，讓我想起樂斯拉夫郊外的瑪麗莎阿姨花園，那裡有著漿果灌木、果樹，以及可以躲藏的地方，而圍籬外是一片田野。我已經好多年沒想起它，兒時，媽媽會帶我去那裡，我會自己一個人玩上好幾小時，挖土找蟲子或甲蟲，然後握住土壤，讓它在手指間碎裂，試圖吃下它。

我從事著大地工作，忘卻自我。遠處還有其他小組，大家都彎腰拔甜菜，氣喘吁吁，天空遼闊寬廣。我們中途休息吃午餐，然後在小屋小睡一小時，再回去工作，現在太陽變弱，我們的身體變得涼爽。等到我們工作超時，領導同志的哨音才響徹田野，標示當天工作結束。我在以前從未意識到的幾個部位陣陣疼痛之下，筋疲力竭地上床，進入自從兒時以來最為沉睡的狀態。

我開始習慣看見你，但我們從未交談。在休息時間，小組會在農田外圍的一處小屋遮蔭下休憩，你會跟其他男孩一起抽菸，我和女孩子聊天，但不會找你。我避著你，這樣你就不會避著我。我不想進入你的力場，我羨慕你的從容，以及輕鬆抱持的美麗。

在用餐時間，我跟凱洛琳娜及講座時認識的朋友碧亞塔一起坐。碧亞塔有張圓圓的臉蛋，身材嬌小，胸部豐滿，很愛笑，也很容易受驚嚇。她告訴我們，營隊結束後，她就要跟一個小她一年級的傢伙結婚。

「妳沒懷孕吧？」凱洛琳娜一臉關切地問道。

「老天，才沒有！」碧亞塔大叫，臉色微紅。

「因為妳可不能相信保險套。」凱洛琳娜說，假裝沒注意到碧亞塔的臉蛋愈來愈紅。「有些店裡的老妖婆會用極小的細針刺破它們，就這樣販賣。她們見不得我們享受樂趣。所以真的，妳需要藥丸。如果妳想要，我可以帶妳去看我的醫師，她是女醫師，不會問妳是否結婚了。」

碧亞塔臉紅得跟甜菜一樣，她搖搖頭。「我們只交往了六個月。」她盯著自己的盤子低語。「但政府會優先提供公寓給夫妻，我受夠跟我爸媽一起住了。」

「親愛的，這可能會持續一輩子。」凱洛琳娜說，努力不讓語氣顯得刻薄。「至少兩年，但或許妳會很幸運。」

她們兩人交談的時候，我看著你在大廳另一頭，和前一晚我見到跟在你身邊的同一個女孩一起坐著。她穿著一件新穎的亮藍色牛仔外套，是那種只能用美元在政府的消費品進口商店買到的物品。我目不轉睛凝視著她，她黑色的長髮直率地中分，不真的算是漂亮——乍見之下，不算美麗。但在你說話的時候，她身體的姿態和對你微笑的模樣，有一種非常酷、非常有自信的氣質。坐在她身邊的是馬西奧·卡洛斯基，他的體格壯碩，以身為黨高層官員的兒子，並嘗試勾引幾乎每一個女孩上床（也大多成功了）而惡名昭彰。

結束一天的工作之後，我和凱洛琳娜、碧亞塔有些晚上會走到離營區最近的村莊。我們會坐在廣場果樹下的長椅，面對木造教堂，看著老夫老妻散步經過，老婦人用印花方巾包住頭髮，老先生戴帽拄著枴杖，臉龐就跟他們的鞋子一樣飽經風霜。我們會去村莊唯一一家商店，看看是否有賣香菸或蘇打（大多沒有）。碧亞塔會悄聲說這是經濟就快崩潰的跡象，而凱洛琳娜聞言大笑。

「經濟打從我們出生時就已經崩潰了。」有個晚上她如此說道，張開塗著唇膏的嘴唇，露出大顆的牙齒。「我們敬愛的黨主席吉瑞克跟西方國家借了許多錢，甚至我們的孫子輩也償還不了我們的債務。但在事情**真正**發生之前，我才是就要崩潰的人——因為鄉村引發的無聊狀況。」她點了一根城市的香菸，深深吸了一口，然後從鼻孔慢慢吐霧。

教堂鐘聲響起，一群燕子在暮色中追著肉眼看不見的昆蟲。我開始思考夏天過後自己該怎麼辦，幾年前，當我到首都唸書時，小時候跟我一起在住家外頭玩耍的孩子就已經去工廠、商店、公車處或礦場工作。工作似乎是一種結束的開始，大學是青春的延長。我享受大學，儘管有所限制——我們不能閱讀想看的書，一定要在所有西方教科書中察覺到資本主義的墮落，即使大部分的教授極少裝作關心黨。但現在，我的學業已經結束，不知道接下來要做什麼。有個文學教授很中意我，提到攻讀博士學位的可能性。但我懷疑他會試圖讓我研究某種愚蠢、政治上有用，讓我糾纏許多年的題目。我知道自己無法忍受教書，無法接受一輩子的微薄薪水，無法接受大家都知道的簡單事實，我們對西方舒適的渴望、對蘇聯的憎恨都無法提及，否則就要受到解雇的處分。

在我不知道未來去向的日子裡，營區的工作似乎提供了小小的解脫。太陽無情照射，我的身體抗拒努力，拒絕流汗。在我撥開土壤，拔出甜菜時，我的思緒會跳回你身上，回到凱洛琳娜帶我去的酒吧，回到身前延伸的虛空。我對抗它們（思緒及甜菜），對抗它們的頑強及韌性。我對抗它們，而它們對抗我，直到我扯開它們，下一個又繼續出現。這時候，我已經愈來愈快，愈來愈強，不再需要跪進土裡，而是像你一樣站著，膝蓋彎曲，背部挺直。但這仍是一場搏鬥；真正的對抗不在於土壤或是植物。慢慢，慢慢地，我找到了節奏。我停止對抗，停止思考。有一天，當我這樣工作，汗水開始自行沁出。我容許大地和身體聯合，放鬆下來，有生以來第一次欣賞萬物的本質，觀察它的奇蹟。大地作為大地，我的手作為我的手，植物自種子生長，我周遭的其他人，每一個人都有自己的權利、夢想和內在世界。我比以往更加汗水涔涔，汗水滲透了臉龐，流過眉毛，落入眼睛，如洪水般溢到脖子和背部，我接受它的贈予。就好像汗水沖走了過去，沖走了對未來所有的思緒和恐懼，存留下來的淨是現在、乾淨、輕柔以及不停地舞動。

那天傍晚，我拋開其他人，自己去散步。天氣溫和舒適，我越過圍籬，穿過甜菜田，來到一條小河。河畔長著紅黃相間的罌粟，長長的野草在微風中搖曳。潺潺的水流聲音撫平了我，穿梭進入我的潛意識。我不斷走著走著，一隻野兔蹦跳過對岸的田野，見到我便止住了腳步，豎起的耳朵像是毛絨絨的蕨類，小小的鼻子上下顫動。我們雙方就這麼站著，動也不動，打量對方。最後，牠轉身跳走了。

這趟步行讓我受益良多，讓我想起以前無法忍受待在學校或是和外婆同處一室時，在樂斯拉夫那些漫無目標的散步。當時，一定有人同在，一定有互動或有

「哈囉。」我說，在逃開和看你之間痛苦抉擇。

你平舉手掌放在眉毛上方，擋住我身後的陽光瞇眼注視。「你是我們同組的人，對吧？」

我點點頭。

「我是亞努許。」你露出輕鬆笑容說道，自在到近乎令人不快地站在那裡，而我感覺才像是赤身裸體的人。

「你繼續游吧，我無意打擾。」我轉頭準備離去。

「你呢？」

我轉身。「我什麼？」

你大笑，笑聲輕快歡樂，顯得自負，具有感染力。「你心不在焉的，是吧？我是說你的**名字**。」

我也大笑，感覺自己臉紅了。

「我是路德維克。路德維克．葛洛瓦基。」我突然覺得，我的名字對我意義不大，想用它來涵蓋我是多麼荒謬。

你點點頭。「很高興真正認識你，你要不要游一下？」你的手臂在水裡划動。

「感覺棒極了。」

「謝了，我其實不太游泳的。」

你古怪地看著我。「你不會游泳？」

我搖搖頭。「不，不是這樣，我只是不喜歡游泳。」

「即使這麼熱也不游？為什麼不游？」你難以置信地笑了，笑容嘲弄而迷人。

我聳聳肩，往後退了幾步。「或許改天吧。」

「好呀。」你點點頭說道：「改天，我幾乎每天傍晚都在這裡。」

「那到時候見。」我說完便離開了。走了幾步之後，我不由自主轉身。你的身軀穿梭水中，在水面上留下一道漣漪。

隔天我比往常更加清楚看見你，彷彿別人成了你的背景畫布。我放任自己望著你，注視你工作，和同桌的人說話，尤其是跟那位一身西方打扮的黑髮女孩。你的言行舉止有種天生的優雅，從容面對自己和這個世界，彷彿恐懼從未滲透你的心靈，彷彿行走的路徑柔軟易彎，隨時任由你的腳步塑形。然而，我們並未說話，也沒有互相打招呼，只除了你在農田裡會對我微微點頭，會心一笑。除此之外，我們的相遇是在場外，是在私底下。

那天傍晚，我前往河邊同一個地點，你卻不在那裡。所以我躺在草地上，望著天空，聆聽水聲，思忖你沒來是不是要避開我，或是有其他意味。然後，我察覺到動靜，附近有人，於是我起身。就在高高草叢那頭的地上有個身軀，幾乎隱而不見。我悄悄接近，只見你仰天伸展身子躺著，一隻手放在腦後，一隻手放在肚子上，閉著雙眼。放在肚子上的手隨著呼吸的穩定緩慢節奏，上下起伏，T恤微微掀開，露出曬黑的腹肌，以及往下延伸的一道細緻體毛。我看著你，愣怔了一會兒，生怕你醒來，見到我這模樣。你那長長的睫毛，手臂上的美麗靜脈，我只想就這麼站著，好好領會你。你睜開眼睛，灰藍明亮的眸子看著我，我的心跳漏了一拍。

「嗨。」你的聲音困倦。

「嗨，我吵醒你了嗎？」我往後退了幾步，感覺不太自在。

你用手肘撐起身體，猛力閉上眼睛又張開。「大概吧，幸好如此，不然我會睡到明天早上。」你用手撫過臉龐，打了哈欠，然後轉向我，像是第一次要好好記住我。「所以你來了。」你微笑。「你還是過來學游泳了嗎？」

「我跟你說過，我會游泳。」

你站起來，脫掉T恤，穿著泳褲跑過我身邊，然後跳進水裡。

「那就證明一下！」你從水裡現身大喊，頭髮顯得烏黑潮溼。

「不，沒那麼容易。」

「來吧！不然腳踩進來就好，你會感覺到有多舒服。」你招手要我過去。

我走到水邊，你滿懷期待站在那裡，看著水面。河水清澈，閃爍的綠色水草在流水中搖擺，彷彿風中的小麥。你的眼神示意著「來吧」，我踏入水中。柔軟平滑的細泥讓位給我的腳底，涼意包裹了我的腳踝。

「知道你錯過什麼了吧？」你淺笑看著我說。黃昏的光線舞動水面，如愛撫般反映到你的臉龐。我說不出話來，只能設法點點頭。我感覺肚子糾結、浮躁。你要我徹底下水，但我說不要。我的拒絕惹得你大笑，而我更加不自在。「在營隊結束以前，你一定會毫不遲疑來這裡游泳的。」你說完就潛入水中，留下我穿著衣服站在這裡，水深及我的膝蓋。

我離開水中，坐在岸邊看著你游泳。天空開始變為暗藍色，我不知道自己在這裡做什麼，只知道我不想離開。你終於從水中起身，水從你的身上滴落下來，溼髮緊貼著頭，讓我深深感受到你的真實存在。

「你究竟為什麼會自己一個人來這裡？」我在你擦乾身體時問道，盡力不盯著你看。「為什麼沒跟你的朋友過來？」

你露出慣有的輕笑：「什麼朋友？」

我聳聳肩，努力不要臉紅。「我在食堂總是看到你和同一些人坐在一起。」

「哦，是嗎？」你的笑容變成了逗弄。然後，讓我鬆了一口氣卻又沮喪的是，你套上了T恤。「我不知道。」你說著，頭部從T恤領口伸了出來。「你為什麼沒跟朋友在一起？」

「我想有時候遠離人群是件好事，這樣可以聽見自己的想法。身邊隨時圍繞著其他人，會讓我抓狂。」

「那麼我想，我也是這樣。」你說著，轉過身脫下泳褲，露出你的後臀，讓我的脈搏加速。你的臀部結實有力，彷彿大海雕琢的兩塊平滑巨石。「而且游泳讓我的頭腦清晰。」你接著說道，聲音毫無改變，繼續穿上內褲。「徹徹底底，就像是沐浴了我的腦子。」

在你套上長褲，轉身面對我時，我問你需要從頭腦澄淨什麼，你的黑髮垂落額頭。

「各種事情，關於工作，未來，你呢？什麼能澄淨你的腦海？」

「閱讀。」我說，完全不加思考。

「哦，是嗎？你目前在看什麼書？有什麼好書嗎？」

思考的當兒，我沒辦法看著你。天空已轉為更加深暗的藍色，昏暗的光線下，讓我感到安全。

「目前是沒看到什麼好書，但我就要開始看一本新書，我認為它會非常棒。」我想起藏在背包底部的《喬凡尼的房間》，其中珍貴的書頁等著人閱讀。

「什麼書名？」

你坐在我旁邊，我看著你，喉嚨裡的空氣倏地變得沉重，動彈不得；腦海一片混亂。我不知道為什麼讓自己提到這個秘密，拚命努力想出另一個書名來告訴你。空中傳來遠方營區的鐘聲，驚動了我們兩人。然後，我們之間出現一種怪異的沉默，就好像某種東西在邊緣保持平衡，不知往哪個方向倒下。

「晚餐時間到了。」你終於說道：「來吧，我餓死了。」

我們穿過田野走回營地，光線漸漸昏暗。我感覺和你特別親近，很高興除了天空注視著我們之外，能夠把你全部給我自己。我問你是在哪裡學到如此好的泳技，你說離你家鄉不遠的地方有一條河，你跟哥哥會在那裡玩水，他們教了你游泳。

「夏天的時候，我們會去山裡玩，在那裡的其他河流游泳。」你說。

「哪裡？」

「拉布卡附近，塔特拉山邊。」

「南方男孩。」我微笑說道。

你點點頭。「從我的口音聽不出來嗎？」

「聽你現在這麼說，的確是。」即使到後來，你有些字的發音都會稍稍拖長，拉長最後一個音節，像柔軟的麵糰一樣。

「你呢？」

「樂斯拉夫。」

「城市男孩，對吧？」你的眼睛在黑暗中閃動。

這時候，我們已回到營區。彷彿事先約好似的，我們在食堂前方停下腳步。

「明天見。」你說，手碰著我的肩膀一會兒，就進去了，留下我自己站在外頭。

那天晚上，我從行李袋最深的隱蔽處拿出《喬凡尼的房間》，在其他人睡著之後，用手電筒開始閱讀這本書。它的內容讓我既恐懼又寬慰——即使只是前幾頁。敘述者對未婚妻的愧疚感，對喬凡尼的欲望，以及他為他帶來的深切遺憾，還有字裡行間的節奏、語言，暗示的知曉及內心的厄運感，都給我一種直接和我對話的感覺。這不是消遣或娛樂，它像是一本為我而寫的書，把我提升到它的領域，連結了那似乎一直存在、而我像是屬於其中一部分的東西。感覺就好像敘述者的文字和思想——儘管苦楚，儘管疼痛——僅僅憑著它們的存在，就治癒了我的一些苦楚和疼痛。

接下來幾天，我代入了敘述者，在田野工作時想著他的人生。我忽然得知有個我可以去的地方，它屬於我，完全屬於我自己。工作一結束，我就換上自己的衣服，抄起這本書，走出營地大門，但不是去我知道你會在的地點。我想要獨自一人待上一陣子。我往另一個方向，找到河邊一個有多刺灌木遮擋的地方，然後躺下來，沉浸在鮑德溫的世界裡。

有一天，當我剛安頓好準備閱讀時，一個影子掠過書頁。我轉身，見到你站在我身後。

「哦，你最近就是躲在這裡。」你說著，一邊往我身旁坐下來。我迅速闔上書，放到地面。你盯著它說：「所以，這本書一定非常棒嘍。」

我說不出話來，甚至連點頭都不能。

「是怎樣的內容？」

我的心臟開始狂跳。

「是關於一個男孩。」我努力保持聲調平穩。「一個住在巴黎的美國人。」

你滿懷期待看著我。「**然後呢**？他在巴黎怎麼了？」

「他……他試著弄懂自己想要什麼，以及如何為自己做出選擇。」

你看著封面。「我可以看看嗎？」

我把書遞過去，卻立刻後悔了，就好像我給了你某種沉重和危險的東西。「為什麼黏著其他封皮？」你皺著眉頭問道。

我聳聳肩。「大概是未經授權的關係吧，我猜。」

讓我訝異的是，你居然笑了。「我沒料到你是如此叛逆。」你把書還給我說：「等你看完後，可以借我嗎？」

我胃部直墜。「如果你想看的話。」

「是，我想看，我從未讀過地下出版的書。」

「真的嗎？」我微笑，覺得愉快，以及些許的力量。「我原以為你會更叛逆一點。」

○○○

我很驚訝自己居然這麼早就跟你分享這本書的存在，但在河畔我感受到一種奇異的信任。你看著我的模樣，讓我覺得你似乎並未批判。人生中只會遇到一些人給我們這樣的感受。只是，那天晚上在大家睡著後，我躺在床上看書時，我卻害怕了。害怕我因為信任你而出現的破綻，害怕它造成的脆弱。我愈讀愈害怕：這些年來我一直告訴自己的浩瀚事實和謊言就擺在眼前，反映在敘述者的人生，彷彿有人指責我，白底黑字，清冷的光線照亮了我的羞恥。在光亮底下，我可以用近乎科學的清晰分析來檢視它，突然間，敘述者的痛苦不再撫慰我的痛苦。他的恐懼滋養了我的恐懼，我就像他，大衛，不管在哪裡，無處安逸，無路可逃。

一天晚上，在把書藏在枕頭底下，去吃晚餐時，我忽然覺得自己表裡不一的人生——我的內在和別人眼中的我——是多麼怪誕離奇。這本書和你把這個體認狠狠擲回，我決心永遠不要再變得那麼脆弱，永遠不要再感受到那種恐慌，永遠不要依賴任何人。於是，那天晚上當你行經我們的桌子，我避開了你的視線，只是盯著血紅的羅宋湯。接下來的日子裡，我沒去河邊。營地的盡頭目光可及，但我留在小屋裡看書，避著你，希望日子能悄悄溜走，我可以直接回家，回到原來的生活。在農田的休息期間，我會坐在遮蔭底下，倚著木造工具棚的木板，你會加入水泵旁的一些人，一起抽菸說笑，試圖捕捉我的目光。我假裝沒見到。

當時，制服已經適應了我的身軀，放棄了自己的形狀，而我的身軀則是適應了土地。我們現在都已熟知手中的事，整天之中大多只聽見甜菜落入籃子裡的撞擊聲。甜菜小山迅速成長，直到一列列的甜菜幾乎不復存在。在最後一星期，我一度埋頭工作，沉浸在這重複的行動中，忽地發現你站在我上方，看起來像是已待了一陣子，就這麼看著我工作。

「你看完那本書了嗎？」你的提問聽起來像是盤問。

「看完了。」我說，繼續埋首土壤工作，同時感覺到自己緊咬著牙關。

「你還想借我看嗎？」

我停下了挖掘，心跳劇烈。我抬頭看著你，不知為何——或許是你問我的誠懇態度及神情，也可能是一種放棄退讓的感覺——總之我點點頭。我拿定主意，也沒什麼好損失的，反正我們的道路永遠不會再交會，而且我不想跟大衛一樣，害怕自我，被悔恨吞噬。

「我晚餐時會帶過來。」我聽自己這麼說。

那天晚上，我在食堂出口等你，大家會在這塊半明半暗的地方抽菸聊天，再上床睡覺。我等了很久，直到離開的人潮退去，我以為錯過了你，正打算返回自己的小屋時，你終於走出食堂門口。那女孩就在你身後。她神情自若，眼眸就跟髮色一樣烏黑深邃，但肌膚白皙，甚至可說是蒼白，彷彿這幾星期完全沒有曝曬在陽光底下。你跟她交換了一個我不甚了解的眼神，然後她帶著隱約的笑意瞄了我一眼就走進黑暗之中。

「我看書很快。」你把書塞進長褲後口袋。

「不急。」我說，感覺到一陣悲傷。「書可以留給你。」

你看著我，像是我說了什麼荒謬的事。「你在說什麼？我當然會還給你的。」然後就跟我們第二次說話時的舉動一樣，你再次把手放在我的肩膀。而也像那時一樣，我腹底的糾結——這裡同時棲息著恐懼和欲望——如漲潮般擾動。

和以往不一樣的是，這次的最後一星期沒有比先前的日子過得快速，而是四腳著地慢慢匍匐到終點。整個星期，我都想要它快點結束，想要從在你身旁的這種不確定狀況中解脫出來。我依舊避著你，即使天氣酷熱，我渴望讓雙腳浸泡在冰涼的水裡，也還是不去河邊。然而，我依舊會在確信彼此目光不會相接時，一直看著你，找尋你可有任何改變的跡象。但你似乎還是一樣，在食堂裡，跟同一批人坐在一起；在農田裡，同樣工作不懈。

在我們的最後一晚，領導同志發表了演說，感謝我們辛勤工作，然後命令我們走去河邊。我們一小群一小群走著，不知道接下來會發生什麼事，興奮洋溢又略帶恐懼，結果出現眼前的是數十艘在水中擺盪的小船。我們六人一艘上船，我和凱洛琳娜、碧亞塔及我的小屋室友同船。大家開始順著河流划船，但不是往我們的居住地點，而是朝著森林開端的另一個方向。我們形成了以貝爾卡為首的一列船隊，見到太陽遠遠落在我們這個月細細清空的田地，再沿著河流狹長地帶，蜿蜒進入森林。高大的松樹開始環繞，芬芳、莊嚴，似乎無窮無盡。溫度變涼，一片漆黑，不多時，在樹梢幾乎隱而不見的暗淡月亮及前方貝爾卡的手電筒，就成了唯一的光線。我們聽見森林地面傳來爪子輕抓，樹枝斷裂的聲音。貓頭鷹啼叫著。

接著，船隊就停住了，我們全部下船。森林裡有個空地，燃起了營火，照耀了地面，在冷冽的夜色中溫暖了我們。小樹枝串著香腸。有人拿出吉他開始唱歌，這個荒野的黑暗地方逐漸變得親密起來，夜晚充滿聲響，還有燃燒的爆裂聲、說話聲。我們站在火堆邊喝啤酒，男孩談論前往羅馬尼亞的旅行。在稍遠的樹林間，我見到你和同伴站在一起，就是那個黑髮女孩以及馬西奧・卡洛斯基。我觀察了你一陣子，看著你在黑暗中的側影，以拇指和食指持菸、抽菸的模樣，然後我強迫自己轉開視線。

到了當晚尾聲，我自己一人坐在火堆邊，啜飲啤酒，凝視火焰。我思考接下來的夏天，接下來的人生，努力想看出什麼。而唯一確定的似乎只有改變這件事，它就像火焰吞沒柴薪那樣任意又無法阻擋。然後，一個陰影挪動，你在我身邊的木頭上坐下。我們好一陣子緘默不語，我感到軟弱，而你暴露在火光之中，一身紅黑格子襯衫，看起來甚至更為帥氣，你的眼眸映著火焰。你環顧周遭，像在察看有沒有人在探聽。周遭有許多人在聊天，情侶跳舞，其他人坐在木頭上隨著吉他高歌。

「我差不多看完那本書了。」你終於說道。

「所以呢？」我在脈搏加速時，盡量保持超然的語氣。

你盯著火焰。「我喜歡，也看得出它為什麼沒有正式出版。」

我們的目光交會了一下，你微微笑。

「你為什麼不再去河邊？」

我別開頭，想不出話來。最後，我抬起頭，看到你溫柔地看著我。

「別怕。」

你說這句話的模樣，輕柔而且完全沉靜，深深打動了我。火焰噼啪作響。我唯一能做的就是點點頭，你露出笑容，化解了緊張，你的牙齒在火光中閃耀。我們處於彼此隱秘的沉默中，在那裡坐了好一陣子，世界在我內心轉移。

「我明天要去湖區。」你說：「我從沒去過那裡，但一直想去。我想現在正是時候，趁還沒有回到城市，還沒有開始真正工作之前。那裡有許多很棒的地方，有湖泊，有河流，我還有一頂帳篷。」你頓了頓，我們的目光再次相遇了片刻。「我一直想問你，你要跟我一起去嗎？」

第3章

我記得巴士載著其他人離開，而你和我留在後頭。那是一個陰天，我們背著背包，手握著肩帶，走在鄉間道路上，希望能招到便車。我很緊張，我們不太交談，但不知怎地，兩人之間的沉默像是一種約定。我感覺像是一隻被放出的小鳥，對眼前的虛空既興奮又害怕。

第一輛停下的車子帶我們往東行，駕駛是一個中年男子，他不時打量我們，卻沒有問問題。我們行駛在兩旁矗立高大栗樹的鄉間小路，經過與罌粟毗鄰的田野。我不知道身在何處，我們沒有地圖，而且路上路標稀少，但即使有更多標誌，這些地名對我也毫無意義。當我望著這片廣闊的無名地帶時，你的臉貼著窗戶，就這麼睡著了。

在下午的某個時候，駕駛放我們在一個鄉村路口下車，你從便車客小冊中撕了一張優惠券給他。

「祝你寄出後贏得吹風機之類的獎品！」你大喊，然後關上車門。他點點頭，加速駛進了地平線。

一陣溼氣沉重的強風襲來，天空烏雲密布，空氣有一種電的張力。接著，彷彿有人按下按鈕，大雨旋即落下。沒有或許，沒有中間地帶，大雨肆無忌憚傾瀉，像油漆般沉沉打了下來，數百萬的雨滴，把背著背包、沒有雨傘的我們困在路中央。

「快！」你高喊：「到樹那邊！」

我跟著你跑過田野，我們的衣服已被雨水打溼。我們衝到一棵橡樹前面，靠著樹幹坐下，藉著上方延伸的枝葉躲雨。雨持續重重打在地上，世界充滿水和土壤的氣味。然後我們眼前出現一道閃電，亮如白色霓虹的三叉閃電閃現在黑暗的地平線，雷聲隨著轟隆響起。我們抱著膝蓋，默默敬畏地注視這壯觀景象，就這樣坐著凝望天空好一陣子，直到雨勢減緩。

「有時你難道不希望自己是身在別的地方嗎？」這個問題突然從我口中冒了出來。

你轉向我。「你是說西方國家，對吧？」

我頷首，訝異自己的坦率，我從未跟凱洛琳娜以外的人提過這件事。

「不會。」你平淡地說：「為什麼會呢？」

「我不知道，我一直很好奇，似乎那裡的一切都更美好、更美麗、也更自由，你不覺得嗎？」我滿懷希望看著你。

你搖搖頭，凝視著地平線某個遙遠的地方。「我早該知道你是他們當中的一人。」

「他們什麼？」我說，忽然緊張起來，心想自己是否犯了大錯。

你輕快轉向我。「夢想家。」你說，露出一個逗弄的笑容。

我讓這個字眼迴響，你的笑容是如此貼近我，寬慰又溫暖了我。「夢想自由有什麼不對嗎？」我說。

「**自由**？」你用力吐氣，笑了笑，彷彿以前已有過許多次同樣的對話。「一年的每一個月都有橘子和香蕉，這對你就是自由嗎？」你的笑容消失了。

「對於想要的東西擁有自由。」我小心翼翼地說：「以及自由地為自己做選擇。」

你瞇起了眼睛。「你認為這不需要代價嗎？你認為西方國家的人不用一輩子像機械那樣工作，賺錢就是為了可以花錢嗎？」

「我不介意辛苦工作，只要可以從中得到東西。」

「別的地方總是看起來比較好。」你沒理會我的說法，繼續說道：「這裡有太多機會，你看看我。」說到這裡，你像是微微臉紅，一度垂下眼簾。「我來自一個貧窮的家庭，是第一個得到良好教育的人。他們甚至因為我們是勞工階級，讓我的入學考加分，現在我即將為政府工作，這就是自由，在資本主義底下，我永遠無法這樣。黨照顧我們，在我媽媽生病的時候——」你吞嚥了一下，聲音變小。「他們送她去療養院住了三個月。**整整三個月**。你想西方國家會這麼做嗎？我是說免費？」

我在厚實的樹根上，挪動調整身體。「但你難道不在意**我們**不是真的自由？他們只透露他們想要我們知道的事，就是這樣。我們甚至不能在想要的時候出國，我們被**圈住**了。」

你非常平靜，好一陣子不發一語。「你讓它聽起來比實際上還糟。」你終於開口說道：「你怎麼知道別的地方真的比較好呢？我們終究得配合自身擁有的東西，就是這麼簡單。」你微笑看著我。「把它視為遊戲，大家都知道規則的遊戲。如果無法改變它們，就沒有必要擔心了。」

冷風開始吹來，我打了個寒顫，手臂起了雞皮疙瘩。

「但或許我們**可以**改變它們。」我說，突然感覺好愚蠢，想要尋求不再存在的東西。

你輕笑，毫不擔憂的模樣讓我驚訝又放心。「要回答你的問題……有朝一日去西方國家見識一下很不錯，但不是作為一種逃避。我不像《喬凡尼的房間》那本書中的大衛。」你再次微笑，我感覺到一陣激動。「但我想見識其他東西，因為需要嘗試事物，並且親眼去看，對吧？」你拍拍膝蓋，站起來。「來吧，夢想家，我們現在得走了，除非你想睡在這片田野裡。」

雨已經停了，周遭的一切悄然無聲。太陽出來了，只是顯得微弱，而且即將落下地平線。我們往外伸出大拇指沿路行走，但沒有車子停下。我們不斷走著，走到太陽下山，卻還是沒有到達任何地方。雨水讓四周田野潮溼，不適合露營，我們不知道該怎麼辦。最後，我們總算找到一個農場，農場主人同意收留我們一晚，讓我們睡在穀倉。農人女兒帶我們到那裡，還給了麵包和豬油，我們狼吞虎嚥吃得精光，然後在乾草上並排鋪好睡袋。

「晚安。」你關上手電筒後說道。你毫不忸怩地脫掉衣服，只見你黑暗中的剪影爬進了我身邊的睡袋。我聽得到你的呼吸，像是輕柔的浪濤聲。然後，滴滴答答，雨又逐漸下了起來，彷彿練習鋼琴和弦的指尖，敲擊著屋頂。我們仰躺聆聽，靜默不語。我感受到你在附近，你的身子雖然靜止不動，卻不知怎地充滿生氣。我的心跳比雨滴聲更加快速，忽然間，我想要靠近你，迫切想要如此。我可以感覺到你身體的拉力，小小的細繩扯著我靠向你。但我無法移動，心臟直跳，心中度過了數光年的來回，就在我開始認為自己絕不可能有勇氣時，你挪向我，頭枕在我的肩膀上。我的心跳停拍，不敢呼吸。你的頭好沉，像是溫暖的大理石，髮絲拂過我的臉頰。可能性讓我動彈不得，困在滿足的眩暈感以及不確定的深淵之間。我想到多年前的那一晚，在舞會上燈光熄滅時，我對貝尼克的舉動是多麼魯莽，帶來多麼痛苦和無法預料的後果。儘管如此，我才剛鼓起勇氣想著碰觸你的頭髮會怎樣，思索這是唯一可做的正確舉動，而且現在和當時不一樣，就聽到你輕聲說：「晚安，路茲歐。」然後挪離我身邊。這是你第一次這樣呼喚我，深情地變換了我的名字。這讓我肩膀上的空虛感更加難以忍受。

「晚安。」我勉強回答，轉過身子，感覺陣陣懊悔。你的呼吸開始平緩穩定，而我的心思像瘋馬一樣狂奔。雨下了一整晚。

清晨醒來，我見到你的身軀隨著呼吸上下起伏。透過木板縫隙，一道道光束進入穀倉，照亮了你。你的肩膀散落著我從未注意到的小雀斑，如星座一樣隨意而美麗。

我盡可能悄悄爬出睡袋，穿上T恤和短褲，套上涼鞋，走進外頭的晨光。這是個晴朗的日子，太陽已經升起，柔和新鮮，跟剛剝好的雞蛋一樣。空氣聞起來有綠色、黃色和肥沃深棕色的感覺。在白天的光線下，農舍比我記憶中的小，只有一層樓高，深色木材建造，加上老舊棕色瓦片搭成的陡峭屋頂。它看起來既古老又脆弱，彷彿已屹立在這個地方一輩子了，卻可能很容易就被搗毀。在農舍外頭，農人女兒餵著雞，她大約十五歲，戴著頭巾，有著充滿活力的心形臉蛋和孩子氣的羞怯淺笑。她跟我打招呼，並邀請我們去吃早餐。

「我們在廚房。」她說：「帶你的朋友一起來。」

我回到穀倉，發現你已經起身，正往緊身的白色內褲套上長褲。

「嗨。」我說，意識到自己刻意的聲音。

你拉上拉鍊，轉過身來。「嗨。」你看起來幾乎像是害羞，一隻手梳過頭髮。

「餓了嗎？」我問。

「餓死了。」

我們走出穀倉，進入農舍。裡面有一條陰暗的走廊，聞起來有黴味、煤煙和泥土的味道。一切似乎都靜止了。幾道光束揭露了漂浮在空中的塵埃世界，牆壁上，耶穌被釘在十字架，除了纏腰帶外一絲不掛，肌肉和肋骨清晰可見。我們困惑地對視了一眼，忽然在黑暗中又親近起來。沿著吱嘎作響的走道，我們在右邊找到了廚房，屋外的那位年輕女孩現在站在爐子邊看著一鍋熱騰騰的牛奶。她拿下了頭巾，深金色的長髮垂在後背。

「過來坐。」角落餐桌一名老婦人說道：「你們一定餓了吧。」

我們坐在木頭椅子上，椅子吱嘎地承受我們的體重。所有東西像是曾經沾滿了灰塵，因為一代代的使用而磨損，盤子破裂又用黏膠黏回，杯子上的圖案褪去。珍珠似的微弱光線從一扇小窗子透了進來。

老婦人以銳利好奇的眼神打量我們。「我丈夫出去了。」她說：「你們請自便。」我這才明白她其實沒有那麼老，她不是女孩的祖母，而是她的媽媽。

我們開始吃早餐，有黃瓜、蘿蔔、一罐蜂蜜和一大塊麵包。女孩從爐邊走來，把熱牛奶倒進我們的杯子。

「所以你們是學生？」媽媽問道。

「是的，女士。」你嘴巴咬著蘿蔔回答，看起來比我自在。「我們剛畢業。」

她點點頭，彷彿認同了某件不確定的事。「結婚了嗎？」她看著你。

「沒有，女士。」你搖搖頭，對她笑了笑。「還沒有，我還年輕。」

她發出沙啞的笑聲，顯露出她少了兩顆門牙。「你呢？」她轉向我。

我感覺到自己臉紅了。「沒有，女士。」我喝了一口牛奶，隱藏自己的尷尬。我的嘴唇擦過牛奶上方形成的軟膜，使得肚子傳來一陣噁心感，牛奶燙到口腔內部。我努力保持正常神情，伸手去拿麵包。

她明顯滿足地看著我們吃東西。「所以你們是在旅行，知道要去哪嗎？」

「只是要尋找一個安靜的地點。」你說：「女士，可以推薦什麼地方嗎？」

她看著窗外，但這面窗看不太到外面的景象，只有朦朧的樹木綠意和隱約的天空青藍。「離這裡不遠有個地方，我們秋天會過去採蘑菇。一般旅人不知道這地方，那裡很漂亮。」她的眼神閃亮，而剎那間我見到，真的見到她也曾經年輕過。

「我會跟你們說怎麼過去。」

早餐過後，我們捲起睡袋，打包行李。

「就一直走，從馬里安基交叉口穿過森林，大約六公里。」婦人站在農舍門口說道：「到了你就知道了。」

「謝謝，你們真是親切。」我說。

她堅實蠟質般的雙手捧住我的臉，往臉頰乾澀一吻。「回來時過來看看我們，旅途愉快。」

在附近的村莊，我們找到一輛要去相同方向的卡車。司機載了櫻桃北上，唯一可以給我們坐的地方是在後方，就在一大堆水果之間。我們一直吃到沒了飢餓感，整個塞滿嘴巴，弄髒雙手，把果核吐向行經的田野。天空明亮，無邊無際；感覺就好像我們飛翔其間。經過的每一個農場屋頂幾乎都有一個鸛巢，這優雅的生物結束從非洲而來的長途飛行後，在上頭休憩，或展翅準備找尋食物。

我們一路不停往前開，經過使用手推車和馬匹在田裡做事的人們，男人、女人和孩子拿著木製鋤頭工作。野花和呈現金黃的高高田野和藍天相連，然後地勢變得平坦，第一座 cerkwie 映入眼簾，這是最早的東正教教堂，黑色小巧，有著帶有神秘意味的球狀圓頂。這標示出一個不同的國度，是荒涼難解的東方之始，國王曾在這裡狩獵野牛，平原一望無際。司機停在一個幾乎看不出的十字路口，頭探出窗外。「少年們，就是這裡。」我們跳下車，發現自己站在松樹林的入口。

「你確定嗎？」我問。

他點點頭，祝我們好運就揚塵而去。我們對視，猶豫不決。

「我們確定要去嗎？」我問，頓然意識到再度只有我和你，緊張得就跟第一天認識你當時一樣。

「還能怎麼做呢？」你鎮靜地說，面露笑容。「走吧。」你的手放在我的下背部，推著我跟你一起走進森林，一股暖流傳過我全身。

如同那婦人說的，這裡有一條狹窄的小徑。我們走進松木樹海，裡面比陽光底下來得冷暗。我們肩並肩走在滿地肉桂色的乾枯松針上，前一晚的記憶如浮標般漂浮在我腦海：屋頂上的落雨，你的頭靠在我肩膀上的重量。我努力甩開它。你穿著昨天那件亞麻襯衫，隔了一夜已經乾了，現在沾上櫻桃汁，未扣的鈕釦露出鎖骨，可以想見布料底下乳頭的深暈。

森林愈來愈茂密，天空似乎遠離，陽光幾乎照不到我們，但前人走出的小徑始終一直延伸。你敏捷地走在前方，我跟隨在後。我們沒有交談，你也從未轉頭查看我是否落後，彷彿兩人之間有著絲線相連。

「他們人真好，對吧。」我一度開口填補沉默，掩飾自己的思緒。

你點點頭，並未回頭。「對，沒錯。」

你似乎跟我一樣陷入沉思。我們不斷走著，樹木開始變得稀疏；陽光再度透了進來。不久，我們在遠方看到了森林盡頭，還有閃閃發光的東西。我們加快腳步，幾乎跑了起來。來到最後一排樹木時，我們看到了：林間空地中坐落著一汪燦爛的湖泊，高高的草叢圍繞著，像個秘境。我們更加靠近，眼前的發現讓我膝蓋發軟。湖面在午後光線下閃耀著寧靜的深藍。附近毫無人跡，我們走到湖邊，放下背包，望過這片在午後太陽照射下如鏡子般的湖景。森林包圍著我們，我們就在它的正中心，受到這顆晶亮眼睛的保護和撫慰。

「我們到了。」我低語。

你點點頭。

「那老婦人沒有誇大！」你倏地大喊，旋即採取動作。你脫掉衣服，一件接著一件拋開，直到完全自由，白皙的臀部和棕色的背部色形成對比。你發出響徹空地的尖叫聲，跳入湖中，然後帶著得意的笑容重現浮出水面。

「要下來嗎？」

我先脫掉涼鞋，然後是襯衫。我小心翼翼摺好它，放在地面的柔軟處。我脫下短褲，然後略帶遲疑地褪下內褲。你已轉身離開，游得有點遠。我站在這裡感覺微風撫過胸膛，搔弄腿間。我注視著湖水，看不到水底，無法估算它的深度。但我還是踏了進去，湖水柔軟冰涼地擁抱了我。我感覺自己重新出發，彷彿內心有什麼東西經過長久時間後啟動了。這是一種輕盈、有力，完全矛盾的感覺。我開始移動，每一個動作都推動我前進。上方的天空比水面明亮，散落著小小雲朵。我留意著未知的水面下。

「瞧，你辦得到！」你欣喜地從湖的另一頭高喊。

我保持鎮靜。

我的身體游向你的方向，你看著我，突然也平靜下來。你的雙手往兩側伸展，有如舞動空中的芭蕾舞者。在湖面底下，某種溫暖的東西在我的肚子裡騷動。我靠近你，直到可以看見你額頭、鼻尖和嘴角上的水珠。我們默默不語，看著彼此，已經無法言喻。你在，我也在，親近，呼吸著。我游向你的圈圈，一直來到你等待的身軀、開朗沉著的臉龐，以及唇上的水滴。你的雙臂用力緊密地環繞著我，此時，我們成了漂浮在湖中的單一形體，失重，永遠碰不著地面。

那一天晚上，當太陽開始西沉，我們在一棵巨大松樹底下搭起帳篷。氣溫仍舊暖和，湖面變黑，蟬鎮定地鳴叫，除了淡淡的月光外，沒有任何光線。我們躺在睡袋上，風輕輕吹過帳篷，唯一的聲響來自上方松樹的擺動，針葉沙沙作響，對著彼此低喃。我們仰躺，雙手枕著頭，手肘輕觸。透過帳篷頂的掀布，我們見到繁星滿天。星星微小，乍見似乎沒那麼多，但愈是細看，數量就愈多，永遠無法持久看盡全部。看著星星，讓我暖暖地頭暈了起來。

「我很高興這件事發生了。」我說，享受著自己的聲音，以及它在我身體的震動。

「我也是。」你的頭轉向我，眼睛發亮。「我一開始就知道它會發生。」你含笑說道。

「哦，是嗎？」

「對，就在我們抵達的第一天，你看著我的時候，你很容易看透。」

我大笑，推了推你。「哦，是嗎？」

你聞起來是湖水和松樹的味道，有著柔軟，有著堅硬。我可以感覺到你在我指尖下的古銅色，你用強壯堅實的雙手讓我煥然一新，創造我，我的腰際，我的大腿內側……還有你。你的背，你的胸膛，你的腹部，你的大腿，你的昂揚，在柔軟內褲底下堅硬且不可思議地貼近，愛撫我的手掌，明顯的，天崩地裂，索求著。我們熱烈又掙扎地移動，無論我怎麼嘗試，仍有太多我無法饜足，太多我永遠無法掌握和擁有的東西。我嘗試，我們一起嘗試，覆蓋著彼此，融為一體，抽動，跟隨著抽動，讓它的趨向掌控一切。我們的嘆息一致，拒絕釋放我們。那一晚讓我想起小時候在附近公園看到的復活節營火，金字塔狀的木堆從上方燃燒到底下，驅逐冬日的幽魂，帶來融雪，從休眠休憩中釋出溫暖。火焰催眠了我，我和它合而為一，一起舞動、摧毀和承受。我們進行了這場奮力的掙扎，氣喘吁吁，興高采烈，頭暈腦脹，為之目眩，直到筋疲力竭，直到我們對著彼此釋放自己，如水草般交纏著入睡。

我不知道我們在湖邊待了多久，因為每一天都像是一個完整的世界，每一個時刻都是嶄新和無法重複的。就某方面來說，這彷彿是我生命的最初時日，彷彿我是憑著這座湖、這湖水和你而生。我彷彿蛻了皮，棄置之前的人生。

這座湖和森林成了我們的領土。我們釣魚，利用樹枝製作釣竿，小塊麵包作餌；在火堆上烤著這灰色扁平又美味的魚兒，再直接用手指抓著吃。我們走進湖泊另一頭的森林，發現了漿果灌木，起居室大小的空地，樹枝底下有著一叢叢白色花朵。我們會躺下來做愛，之後入睡。我們會在朦朧的幸福中醒來，發現太陽依舊高掛，走回帳篷時，唯一留下的是，我們在草地上壓出的身形。

湖水每天上午和傍晚洗滌了我們，沖走夏日和做愛的汗水，甚至是我們身體上的指紋。我每次游泳都感受到首次踏入湖水時的相同興奮之情，毫無掙扎，一種我不曾料到自己可以感覺到的失重感。在這些日子裡，我內心的羞恥感像是舌頭上的薄荷融化了，從堅硬釋放出香甜。

我漂浮在水中，而你躺在湖畔讀著《喬凡尼的房間》。溫度跟我們的肌膚相同或略低的空氣，愛撫著我們。之後，我們會並肩躺著，看著雲朵，觀察它們奇妙的形狀變化：從無法辨認到熟悉，熟悉到無法辨認。

在即將結束停留的一天下午，我們走了大約一小時的路程，前往最近的村莊。

我們找到一家小店，買了一些麵包、黃瓜、蘋果和啤酒。回程的時候，太陽開始西下，我們還沒走到森林就天黑了，你忘了帶手電筒，小徑只憑藉月光照亮。當我們沿著田野行走，兒時噩夢的景象回到我的腦海，就像來自過去的挑戰——世界空虛寂靜，田野往四面八方延伸，巨石在背後盯著我看。但是，我甚至不用判斷自己是否害怕，我不怕，墓碑——以及羞恥感——只是回憶，像方糖般溶解在夏日雨水中。

我們穿過森林行走，聽著林中鬼祟的聲響，直到抵達我們的空地，見到湖面上月光的倒影。我們駐足凝視，接著默默不語，脫下了衣服，滑入水中。我們游泳，在明亮的黑暗中，感到無所畏懼，自由，而且隱形。

第4章

今天的夜晚來得特別早，在外頭，河岸對面的城市閃爍，有如綴著金屬亮片的鋼鐵裙子。回到家時，我肚子餓了，決定做一份三明治。麵包是白麵包，而且已經切片，在這裡，你要做的只是咀嚼。我在麵包上塗上奶油，撒上糖粉。它和家鄉的不一樣，但還是發揮了作用。然後我拿起電話，撥了外婆的電話號碼。訊號仍顯示忙線，我已經嘗試了好幾天。我努力不要擔憂，改而寫信給她，問她是否安好。當然，他們會在她拿到信前先打開看，但我已經不在乎了。

寫完信後，我打開電視。消息愈來愈糟：他們開始追捕反對人士，逮捕團結工聯的關鍵人物，驅散地下組織，搜查工會領導人。主播說，可能還拷打他們，她漂亮的臉龐就事論事。我相信這個說法，我不願相信，卻不由自主。我思忖，你是否涉入其中？這個問題就像影子一樣隨時跟著我。你現在仍會為黨辯護嗎？

或許最糟糕的是，我找不到人訴說，找不到可以在這片汙濁的猜測氣氛中打開窗戶的人。我終於知道，我需要找到可以信任的人。在辦公室，他們每天都問我十幾次好不好。我過了好一陣子才了解到，他們為什麼會對我的認真回答感到困惑，也才明白我的回答不是重點。**詢問**本身才是。所以現在，我說我很好，甚至試著露出笑容。但是，我察覺到無論哪種方式，我的外國人本質以某種方式讓我免於他們的評判。對他們來說，這個事實必定完全解釋了我的奇特。

○○○

在我小時候，媽媽和外婆每天晚上都會把自己鎖在媽媽的房間裡，我從來不知道她們在裡面做什麼，她們也從來不准我進去。每當我詢問，她們就會說我還沒有大到可以知道。

「而且你絕對不可以跟別人說這件事。」媽媽會蹲下來到我的高度，堅實的大手放在我的兩邊肩膀上說道：「了解嗎？誰都不行。如果你說了，可能會有壞事發生在我們身上。」她的神情緊張，眉頭上方深深的憂慮紋路讓她看起來疲憊不堪。

「妳們在做壞事嗎？」我害怕地問道。

「不是，親愛的。」她的聲音柔和。「但即使不做壞事，壞事還是可能發生在你身上。」

「為什麼？」

她試著放緩神情，但額頭上的紋路卻沒有完全消失。「事情就是這樣。」不管我怎麼懇求，她們都不肯再多說。我會把耳朵貼在門上，卻只聽到非常小聲的聲音，像是爆裂聲，難以分辨。我什麼也看不到——鑰匙孔塞著鑰匙。過了許久，她們會走出房間，急切地低聲交談，時而悲傷，時而近乎喜悅。雖然我習慣她們每晚的儀式，但被排除在這秘密之外還是讓我感到沮喪。

我得知貝尼克和家人離去的那一天，媽媽回家發現我待在自己房裡，縮成一團哭泣。她必定知道事情很嚴重，因為我很少哭，當她問我發生什麼事時，我哽咽得說不出話來。她坐在床上，我的頭靠著她的膝蓋，臉頰貼著她裙子冰涼的布料，她摟著我。她的安慰助長了我的淚意，我一直哭，直到淚水流盡。她撫著我的頭髮，等鎮定下來後，我跟她說我去找貝尼克的事，那名奇怪婦人是怎樣打開門，同教堂的那名女士又是怎麼說的。

「他們為什麼走了？」我問：「他們會再回來嗎？」

我見到她猶豫不決的眼神，但在她開口之前，外婆就出現在門口，彷彿一直在聽似的。

「我想他現在已經夠大了。」她嚴肅看著媽媽說道：「他得要知道。」媽媽的視線從她身上移向我，然後沉默了一會兒說：「路茲歐，你不會說出去吧？」

我點頭同意，倏地從悲傷抽離。她看看手錶說：「那麼，來吧。」我們走進她的房間，外婆進來後關上門，接著關窗，拉上窗簾。外頭天色還亮著，底下街頭有孩童在人行道上蹦跳，玩著天堂地獄的跳格子遊戲。

「首先，你要保持安靜。」外婆指著我們和鄰居共同的牆壁說道：「在結束之前，不要問任何問題，仔細聽就好。」

她走到抽屜櫃，移開收音機上的保護蓋，露出堅實的機身，光滑的深色木頭在光線底下閃耀。我們在它周圍放了三張椅子，坐了下來。媽媽按下黑色按鈕，小心翼翼調整指針。剛開始，只聽見細微的嗶波聲，接著音樂傳來，長笛吹奏出愉快的曲調。然後，音樂停止了，我感覺得到媽媽和外婆的身體緊張起來。一個聲音開始說話：

「這裡是自由歐洲電臺，來自西德慕尼黑的即時播放。一九六八年六月二十一日，星期一，八點新聞時間。」

這男聲和電臺平常傳出的聲音不一樣，比較沉著，比較不咄咄逼人，沒有呼喊，也沒有宣揚。媽媽和外婆動也不動坐著，雙手撐在下巴捂住嘴巴。我努力跟她們一樣保持專注，但對於播報內容卻不甚了解。他使用了許多我不懂的字眼，以及對我毫無意義的縮寫，感覺就像是另一種語言。他一度提到「以色列」，這個具有高低音節的名詞一天之內就變得如此有力。我試著猜測它的意義，但一無所獲。節目結束後，媽媽把指針轉回另一個電臺，調大音量。我發現，她每天晚上都會這麼做，這樣就沒有人會察覺她們收聽了禁聽電臺。在音樂播放期間，她們開始解釋，提到猶太人，提到波蘭以前有許多猶太人，而大部分已死於德國戰時設置的集中營。外婆回想起鄰居被迫搭上火車，再也不見蹤影。當然，學校其實並不這麼教，他們教導我們德國武力鎮壓波蘭，而蘇聯弟兄拯救了我們。當然，猶太人不是波蘭人，有些波蘭人仍舊把戰爭歸咎在他們身上。媽媽說，那一年全國各地動亂四起，學生罷課。所以黨斥責猶太人，說他們是叛徒，解雇他們。這就是貝尼克一家離開的原因，他們一走，就再也沒有人提起過他們。今天還是你的國家，隔天卻不是了。

貝尼克的離開，意味著我的童年以及我心中童年的終結：彷彿我過去以為的一切最後發現都是假的；彷彿世界上每一件無害的事情後頭，都隱藏著更加黑暗和醜陋的東西。現在，每個晚上外婆和媽媽都會讓我進入小房間。我們會擠在揚聲器旁，安靜嚴肅，身體往前傾聽越過柏林圍牆而來的聲音。節目結束後，外婆和媽媽就會跟我解釋一些關於我們歷史的新知識。國家是怎樣曾被俄國和德國瓜分超過一百年，是怎麼不復存在於地圖，我們的文化是怎樣轉入地下生存，父母教導孩子被禁止的語言和歷史，又是怎麼在一次大戰之後終於獲得獨立。她們還告訴我二次大戰的事，關於從未被教導的那一面。華沙人民是怎樣在多年遭受占領之下，起義對抗納粹，而蘇聯是怎樣抵達，卻又不協助起義，只是駐紮在維斯瓦河對岸等待。他們知道己方會贏得戰爭，知道德國終將撤退，所以任由德軍對波蘭報復。蘇聯坐視城市被毀，人口被屠殺或驅除。等德國人終於離開，首都的倖存者不足一千人。

我猜想你相信他們在學校教導我們的內容，指稱蘇聯是我們的解放者，他們是好人，是我們的盟友。有時候，我真希望自己可以跟你一樣輕鬆，因為我並不喜歡在媽媽房間度過的那些夜晚，以及得知的可怕真相。這是一種儀式，一種強烈到無法抵抗的吸引力。儘管我並不是完全了解，但我的了解已足以讓憤怒累積在內心深處。無法跟別人提起此事，使得一切變得更加糟糕。我收到了一份有毒的禮物，以及永遠不能承認得知的強烈真相。媽媽要我發誓絕對不能跟別人提起，以免他們解雇她——或是更壞的狀況。

我想最可怕的是缺乏確定性，五〇年代已經結束，人們不再因為發表看法而失蹤。只是在六〇年代——甚至是更後來的年代——情況卻更加武斷隨意。幾乎一切都有可能，取決於是誰剛好告發了你，以及他們認為可以從你身上得到什麼。即使以我小孩子的直覺，我察覺得到單身媽媽比大多數人脆弱。

所以，一如往常，我會參加學校的晨間致敬，向高掛在教師課桌上方的肖像鞠躬，那是黨主席哥穆爾卡的照片，他滿是皺褶的年老臉龐怒視著我們。我會在五月一日慶典、十月革命紀念日，參加行軍，參加遊行；舉著奉承標語的旗幟讚揚我們蘇聯弟兄，高唱他們教導我們的歌曲。我就像安徒生童話〈國王的新衣〉裡的小男孩，只是我沒有大聲說出口。我佯裝沒有看見這明顯的事實：我們從未要求這樣的體制，它是強加在我們身上。我苦撐聽課，忍受這一切，心中負擔著貝尼克的流放事實，怒氣在內心深處不斷累積。在休息時間，我會和其他男孩打架，打到鼻子流血、嘴唇破裂，得到暫時的緩解後離去。我發誓永遠不要成為他們其中一員，屈從體制，過著虛假的人生。

○○○

有一天，你從湖裡起身時，問我有沒有女朋友。我搖搖頭，反問你。你彎著腰擦乾大腿，我看不到你的表情。而即使你看不到我，我仍然微笑隱藏自己的尷尬。

「沒有。」我終於說道：「你呢？」

你擦往雙腳，我注視你拿起薄毛巾的一角穿過腳趾間的縫隙。然後你抬起頭，自信我在等你。

「沒有。」你慎重地說道：「不算有。」

「什麼意思？」

你挺直身體，一隻手把頭髮往後梳，看起來既挑釁又覺得好笑的模樣。

「這表示我以前有，但已經沒了，我比較喜歡現在這樣。」

我還來不及多問，還來不及衡量你的說法和言下之意，你就走過來拉我入懷，嘴巴貪婪地貼在我的脖子。**就像吸血鬼**，我心想，然後閉上雙眼。

留在湖畔的最後一個早晨，我們打包東西，拆卸帳篷。我們看著它塌倒在地，有如垂死的熱氣球，然後拉平收摺它沒有生命的軀體，推入圓筒狀的袋子。我們沒有交談，默默做完整件事。

「你知道，我們不能跟任何人說。」你拉上袋子，突然嚴肅地對我說。

「說什麼？」我問。我其實很清楚，感覺胃就像被擰著的毛巾。我注視你收拾散落地面的桿子，再次拉開袋子，塞了進去。

你偷覷了我一眼。「關於這件事。」

我撿起一根枯枝，丟向湖水，看著它徒勞飛起又落下，沒有發出任何聲響。

「對，我想我們不能。」

我們還沒有真正談過關於「我們」，也沒有談過返回城市會怎樣，或其他任何事。沒有「我們」。當然，我想過了，也想一直問說：「這件事**算是**什麼？等我們回去之後，要怎麼處理它？」

但我從未在耀眼的日光下問這個問題——我不敢。或許我很困惑，融合為一的時刻，毀損彼此外形的時刻，就像是太多聲音同時發言。但現在，我想著這件事，想起我只敢在最後一晚問起，在我們躺在漆黑的帳篷，雲雨過後即將入眠時，我害怕地對著黑暗問出這個問題。你好久好久沒有說話，我以為你睡著了。最後你低語：「我不想要結束。」

我的心臟狂跳，狠狠撞擊胸口，我回答：「我也是。」

抵達城市時，光線從各個角落而來，燦爛強烈地閃耀在每一個建築物外表，快樂和焦慮同時淹沒了我。我不再覺得掌控一切，我會回想起那座湖和那頂帳篷——情不自禁，就像我目前還無法想像的某種東西的誕生一樣。我在你砂岩般的身體上，在你的大腿和乳頭凸起之間，以及胳肢窩底下，找到了自己的地方。你身體的地理樣貌突然跟這城市一樣清晰，肌膚溫暖得有如公寓房屋的磚塊，身軀的線條像是大街筆直和連續的路徑，也像是電車軌道的路線，以及在街道上投下交錯影子的堅硬金屬柵欄。同樣的柵欄似乎很穩固，卻會在你的體重底下挪動，倚靠太久時便吱嘎作響，像是要把人放入車流繁忙的柏油路。

回到公寓時，它對我來說似乎比以前小。廚房就在一進門的右邊，它又長又窄，只夠容納我的房東柯雷契卡太太，這裡是她的領土。不管補給多麼匱乏，不管配給多麼嚴苛，她總是在那裡烘焙。不知為何，總是有糖、麵粉和她積攢或交換而來的東西。她會做 szarlotka（蘋果派）、babeczka（奶油杯子蛋糕），李子醬分層薑餅。她烘焙的模樣，像是生命仰賴著它，或許確實如此。經由學生住宿中心推薦，剛從樂斯拉夫搬過來的時候，我就喜愛著她。我喜愛她溫暖的聲音和柔和的儀態，還有孩子氣的嬌小臉蛋。她像是已經年老到幾乎成了永恆，像是來自另一個世界的存在。通常她會睡在客廳的棕色沙發，旁邊是我們用餐的桌子，以及存放她先生留下的石頭收藏的櫥櫃。但到了夏天，街區熱得有如溫室，有時候，當我晚上起來去洗手間，我會看到她開著廚房門，睡在廚房的瓷磚地板，形體大而寧靜，有如被海洋沖刷上來的生物。

我的房門就在石頭收藏櫃的旁邊，裡面有一張折疊床和一張小書桌，挪開書桌後可以打開通往陽臺的門。我們在七樓，映入眼簾的淨是其他建築的頂樓，就像是站在人群中前方的眾多人頭。

我和你住在城市的相反方向：我在西邊，你在東邊，中間隔了維斯瓦河。一條行經老城區，然後過河的電車路線連接了我們。往南是隨時明顯可見的龐大文化宮，高聳傲視城市其他地區。

我住在猶太人區的舊址，納粹為了不留下任何罪證，曾把這裡夷為平地。這地區的區名叫做沃拉（Wola），在波蘭語的意思是「意志」或「決心」。黨作為社會主義夢想的一部分，已經重建此地。放眼望去，淨是整齊如紙箱堆起的相同大樓群，我們稱這種建築為 blokowisko（方塊住屋大樓）。這裡有新的公園、新的樹木和新誕生的孩童，他們毫無察覺地踩在層層的無形腳印和被人遺忘的生命塵土上，在大樓之間遊玩。

你住在普拉加，它是少數在戰時幾乎毫無損毀的地區之一，這裡就是蘇聯等候，坐視德軍摧毀城市的地點，他們在此地未發射任何子彈，袖手旁觀德國夷平沃拉，頭腦清醒悄悄毀滅老城區、博物館、圖書館、檔案館，容許整個世界燒毀殆盡。

剛回去的幾星期間，華沙炎熱，空空蕩蕩。我們走在明亮的街道，跟老婆婆購買莓果和向日葵花心，然後到我家附近的薩克森花園裡，有著白色涼亭的山坡食用。我們駐足奶品舖，吃著冰涼的 chłodnik（冷湯），讓酸奶和粉紅色甜菜根撫慰喉嚨。我們還喝了莓果飲 kompot，舌頭跟著染上顏色；甜點則是麵條拌奶油和覆盆子果醬。我們心滿意足地吃飽後，就躺在普拉加的動物園附近的長長草地，透過上方密實枝椏的空隙凝望天空。我們的言詞、我們的故事如泉水般源源不絕。我告訴你關於媽媽、外婆，甚至父親的事，說他是怎樣在我非常小的時候離開我們，說我幾乎記不得他，我也不太想記得。他已經搬去卡利什，從不曾來看我們，我們全都把他看成郵差每月送來的微薄贍養費。媽媽總是說他從來就不想要小孩，他想要她全屬於他一人去愛和控制。

你傾聽，認真傾聽，溫柔的眼睛不帶評判地看著我，讓我感覺到從不曾如此受人傾聽。然後你告訴我山區家人的事，關於你的兄弟，你從小敬仰後來卻變得「微不足道」的兄弟，他們跟其他許多人一樣酗酒，每次發薪水都喝得爛醉，被警察在長椅和人行道撿屍到拘留醒酒室過夜。你提到父母和他們在鋸木廠的工作，說他們是多麼不了解你。「他們幾乎不知道這意味什麼。」你環視城市說道：「我想讓他們知道，他們能夠以我為傲。」你告訴我你的工作，說一星期後開始上班。「去新聞管控辦公室。」你半是低喃，彷彿訴說著神祇的名字。我一陣冷顫，讓我忘了現在是夏天。

「你是說新聞檢查辦公室。」我說，鄙視了你片刻。「那些人禁了我們最需要的書。」

你閃過一絲惱怒的神情。「別這麼古板，每個人都需要從某個地方開始，你可有更好的主意？」

「我們走吧。」我說，訝異於這樣的大膽發言，但你只是一副覺得好笑的樣子。

「你想去哪裡？羅馬？巴黎？」

「亞努許，我不是在開玩笑。」

「路茲歐，知道嗎？你真是瘋了，看看周遭。」高高的草叢保護著我們，陽光照耀在我們身上。「我們為什麼要離開這一切？」

那天晚上，我們搭電梯到文化宮的頂樓，看見城市呈現在我們眼前，它的廣闊突然變小，它的盡頭——工廠的煙囪和最後房舍後方的森林——解決了一個秘密。維斯瓦河從中間蜿蜒而去，離開人造建築，往南連接到山區，往北進入海洋。當天的熱氣在大樓上方消散，夏天來到高峰，時間暫停，而我從未想要它再度前進。像是骰子，旋轉再旋轉，永遠不要停住。

時間過了好幾星期，而自從營隊結束後我就沒再見過凱洛琳娜，我決定去找她。她在華沙北邊的佐利波茲區，跟一個起重機司機租了一個房間，這裡是大衛．鮑伊唯一看過的華沙地區，他在我們認識的幾年前，搭乘從莫斯科前往柏林的火車途中暫停此地。這使得他寫了〈華沙〉這首極為荒涼的曲子[7]，但是佐利波茲區不是至今最糟的區域。它屬於住宅區，由一九三〇年代包浩斯風格的公寓組成，是一個破敗的花園城市。這裡到處都是樹木，廣大到讓人渾然不覺，大片的草地占據了灰色建築物之間的每處空間。在夏天，它是灰與綠兩種顏色的世界。不過當然，鮑伊是在冬天見到它，當時只剩下一個顏色。

我敲了凱洛琳娜的家門，起重機司機前來應門，頭髮上戴著捲子，水桶般的身體披了一件晨袍。她認識我，只是從未表露任何跡象。說完一句冷淡的「早安」後，她帶我走過走廊，這裡有一個陳列了西方香菸空紙盒的架子，有駱駝牌、大使牌和萬寶路。她領著我到公寓最遠端凱洛琳娜的房間，在我還來不及敲門前，就逕自敲門，短髮上的髮捲跟著晃動。

7 收錄在一九七七年發行的專輯《Low》。

「帕朵恰小姐。」她大喊：「另一個男人找妳！」她給了我一個滿足的眼神，就走開了。房門打開，凱洛琳娜的臉蛋出現，接著露出笑容。

「路茲歐，是你！」她親吻我兩邊臉頰，上衣輕輕貼著我裸露的上臂。「進來吧，關上門。」

她走過房間，拾起散落在地板、書桌椅子和床上的衣服，塞進角落的衣櫃。

「別在意這一團亂。」她說，然後坐到床上，瞪大眼睛看著我。「我沒料到是你，但很高興你過來。坐吧。」她拍拍身邊的空位，我跟著坐下。「希望她不會太刻薄。」她看著房門，翻了白眼。

「她還沒有變得優雅啦。」

「你可聽到她是怎麼嘗試羞辱我的？」

「說得一副這樣能羞辱妳似的——另一個男性訪客。」

她微笑，珊瑚紅的嘴唇在大門牙上伸展。

「最近好嗎？」她看了我一陣子，彷彿在研究我。「你變了。」她平靜地說，彷彿宣布命運的先知。

「是嗎？」我扮了鬼臉。

「你的臉。」她舉手輕觸，中指放在我的鎖骨上。「彷彿過去緊緊收合的東西，現在打開了。就跟拳頭一樣。我以前從未注意，但現在看出來了。」

「對只是妳其中一名的男性訪客，可以省省妳的睿智高見啦。」我笑笑，輕輕推開她的手。「我還是一樣。」

她聳聳肩，從床上起身，坐在書桌邊，這張桌子搭配牆上的鏡子，也充作她的梳妝臺。

一張法國女星伊莎貝．艾珍妮的照片塞在鏡框和鏡面之間，這是來自導演波蘭斯基的電影《租客》的劇照。艾珍妮戴著巨大的玳瑁眼鏡，聽得入神的模樣，秀髮蓬鬆，全數戴著戒指的手指誘惑地屈放在唇邊。凱洛琳娜拿起鑷子，開始拔眉毛。她背對我坐著，在鏡子的映像中，模樣顯得既驚嚇又專注，她的目光從自己的眉毛游移到照片，再到我身上。「別讓我一字一字問出來——跟他在一起的感覺如何？」

她從未直接稱呼你的名字。

「很好。」我聳聳肩說道，努力讓聲調聽起來自然。「我們在湖邊露營，游泳、釣魚，很有趣。」

「嗯。」她用無名指指尖順過剛剛處理過的眉毛，換到另一邊。「我不知道你們是朋友。」語氣漫不經心，但我察覺到她的不感興趣是假裝的。

「就是最後一晚，他在森林裡問我的。」我聳聳肩說：「我們之前並不真的算是朋友，他找不到人一起去，而我又無事可做，就想說可以一起去。」

她停下手邊的事，鏡子裡的視線移到我身上。「你知道你可以**告訴**我。」她輕柔說道。她的話就像拉緊的細繩快速滑過我全身。

「沒什麼好說的。」我看了她好一陣子，然後轉向窗戶。我們之間出現一陣沉默，在這空檔中，我試著釐清這種突如而至的怒氣是針對她，還是針對自己，因為我無法說出實情。透過房門，我聽到收音機播放的聲音，樂儀隊大聲演奏歡樂的反覆曲調。

「妳有什麼新鮮事呢？」我讓自己問了問題。

「我？」她繼續拔眉毛。「你這位朋友為自己找到了一份工作。」

「什麼？太棒了。」

她放下鑷子，從書上的菸包拿出一根香菸，點了菸，再迅速從鼻孔噴出煙霧。她的指尖被廉價的羅馬尼亞 Snagov 香菸菸灰給染黑了。「給司法部某個混蛋當秘書。」她的語氣像是宣布判刑的法官，就事論事，有點開心的模樣。

我大吃一驚。「妳的實習安排呢？原本不是要去離婚律師那裡受訓？」

「沒有空缺。」她垂頭盯著地毯，吐出一口煙。我可以看出她的睫毛直對著地板。「結果發現，不管分數怎樣，沒有人脈，根本沒機會去任何地方，我到底在愚弄誰？」她嘆了一口氣，抬起頭，悲傷的眼睛和我短暫目光相接，然後她轉頭看向窗外。「但或許這樣比較好，我不知道。或許我會痛恨它，明年可能會再度申請實習。」

我點點頭，努力擺出鼓勵的樣子。「沒錯，妳會的，這只是暫時的。」

她點點頭，彷彿試著相信我。

「那麼，妳的工作如何？」我問。

她聳聳肩，深深吸了一口菸。「我上星期才上班，別問我他們在辦公室實際上是在做什麼，我上午去幫政務委員拿伏特加，下午打了一、兩封信。除此之外，他對我的態度就像是他同事的展品，要我多穿緊身衣，我的四年高等教育就帶來這個。」

她從書桌拿出菸灰缸，捻熄抽了一半的香菸。「我抽太多菸了。」她嘀咕，然後把菸灰缸放到桌子，對我擠出笑容。

「過來這裡。」我拍拍身邊的床上空位。她順從我的話，然後把頭靠著我的肩膀，我摟住她。我們就這樣坐了好一陣子，看著鏡中的自己，在彼此的映像中尋找些什麼。「我很遺憾。」我終於輕聲說道。

「哦，不必。事情從來不盡人意，而且無論如何，我是幸運兒之一。至少，在我們現在畢業後，我獲准留在這城市了。否則，他們會直接把我送回蒂黑，天知道我在那裡會怎樣，跟我爸媽一起住。」她挺起身體，試著大笑。「我只是不確定自己能撐多久。」

「不用太久的。」我說：「我確定。」

「是嗎？」她流露出懷疑的眼神，需要安慰。我點點頭，把她攬入懷中。她的身體跟熔爐一樣，我幾乎感覺自己像在燃燒。

「這吞噬了你所有的思想，所有自尊。」她說，帶著一絲我很少聽她用過的絕望語氣：「我已經可以預見自己成為那些怨天尤人的上班女郎之一。」

「妳不會變成其中一員的。」我握住她的肩膀，直視她的眼睛。「我會確保這件事，只要我活著就不會。」

她露出笑容，然後放開我。「瞧，你變了。」她說：「你變成樂觀主義者了。」

她站起來，走到窗邊。窗外綠油油的枝葉在微風中搖曳，接著又慢慢平息下來。她打開窗，站了一會兒後，往外深深吸了一口氣。

「你呢？路茲歐，你想好自己要做什麼了嗎？」

「我這個夏天思考了一段時間。」我說，非常清楚意識到自己的聲音。我看著雙手，組裝我的字句。「我想我還是會嘗試那個博士學位，妳知道，就是梅爾維茲教授說我應該去申請的那一個。」

她慢慢轉過身來，面無表情。「**是嗎？**」

我聳聳肩，和她對視片刻。她的眼睛既嚴酷又脆弱。

「你怎麼會改變主意？」

「我又想了想，我爸爸給的補貼很快就會到期，我必須**有所行動**。這可能會比在什麼學校或圖書館裡朽爛要好，不是嗎？」

「你曾經說寧可在工廠做工，也不願意背棄信念。」

我咬咬嘴唇。「嗯，情況不是這樣，對吧？」我努力擠出笑容。

「題目呢？要是他們讓你寫一些他們想要的東西呢？」

我用力地再次聳聳肩。「我會想到辦法避開的，應該吧。」

她點點頭，轉身面對窗戶，雙手放在窗臺上。我起身，走到她身邊。

在樹枝後方的對街房屋，衣服掛在窗外拉起的曬衣繩上：人們生活的纖維在陽光底下晾曬，隨風擺動。褪色的芥末黃和紅色的裙子，搓揉多年的毛巾，還有衣領僵硬的襯衫，每當一陣風吹來灌入，它們就成了大胖子。在街上，穿著白色高筒襪的女孩用粉筆在地面畫了格子，數數唱歌，單腳蹦跳，玩著從地獄到天堂的跳房子。

「我之前說我們隨時都可以離開是認真的。」她抬起頭看我。「你是知道的，對吧？我在芝加哥的叔叔可以替我們想辦法，或是我們可以預訂前往德國或法國的巴士旅行，就直接下車逃走。」她笑了笑，顯得有些悲傷。

「沒必要急著採取行動。」我說，感受到她目光中的分量。「我們之前一直說要先在這裡試試機會，或許事態會好轉。」

「這裡任何事都不會好轉。」她關上窗戶走回床邊。

「我們還不知道。」

「是嗎？」她充滿好奇地看著我。「我想你還是需要自己去發現。」

隔天，我走到老城區，沿著新世界大街（Nowy Świat）一路經過咖啡店和繁忙商店，以及粉紅大理石柱封存著蕭邦心臟的教堂，這裡也是一九六八年學生暴動並遭受警方毆打的地點。我穿過大學的鐵製大門，走進院系區域。在開學前的盛夏期間來這裡的感覺很奇怪：空無一人的巷道、空無一人的草地，投下遮蔭的大樹底下也沒有人在，圖書館空蕩蕩，只有幾位研究員在場。這裡的寧靜樣貌讓我吃驚，我感覺自己好像幽魂，穿過文學系館，行經迴蕩起我每一個腳步聲的走廊，然後在標示「梅爾維茲教授」的厚重房門前敲了門。當我的敲門聲得到「進來」的回應時，我簡直難以置信。教授和往常一樣坐在被書籍包圍的扶手椅裡，他身前堆疊的文件有如魔幻城市中搖搖欲墜的摩天大樓。他年約五十歲，身材渾圓，大大腦袋上的黑色頭髮往後梳，和藹可親的大臉上戴著圓形眼鏡。

「葛洛瓦基先生，真高興見到你。」他沉著地說道，彷彿不知怎地知道我就會在這一天出現。「請坐。」他闔上剛才在看的書，塞了一枝筆夾在讀到的部分。「你過來是因為博士學位的事，對吧？」他會意地笑了笑。

我點點頭。「是的，教授。」

「那麼，你想要去做？」

他專注地看著我，目光咄咄逼人，讓我覺得像被看穿了。

「是的，教授。」我說，這一次比較沒那麼有把握。

「很好。」他微笑，然後身體往後靠，拿掉眼鏡，像是要擦掉東西似地揉著眼睛。「你知道你會面對什麼狀況？」

我遲疑了一下。「不算真的清楚。」

「這是正確的態度。」他發出低沉的笑聲。「但我想試試。」他往前傾，把沉甸甸的雙臂放在桌上，指尖相抵。「要知道，因為我無法跟你保證什麼。最終需要委員會接受你的計畫書，他們可是難纏的一群人。」他坐在椅子側轉彎腰，往抽屜翻找東西。最後，他拿出薄薄一疊的紙。「拿去填好，週末前，把計畫書交給我，我們再一起確認看看。」

把文件遞給我之前，他謹慎看了看門口，目光再回到我身上。他降低音量，像是深思熟慮的低語。

「我幾乎不需要跟你說其中的條件是什麼，要知道，就是不會太令人不安的東西。」他做出一個波浪狀的手勢。「親愛的，就是沒有爭議，沒有一絲反社會主義，沒有擁護西方主義的東西。最近，他們對這類事情愈來愈緊張。」

「我了解。」我說，從他手上接過文件。

跟他握握手後，我轉身離去。

「路德維克，還有——」

我轉回身，他對我投以近乎父親般的關切眼神。

「確保它沒問題，好嗎？還有其他候選人，我希望是你拿到。」

我點點頭，走出他的辦公室，用顫抖的雙手關上門。我站在空無一人的走廊上，深深吐出一口氣。

我慢慢走回家，空氣讓人窒息，天空灰濛濛，悶熱的風吹過街道，捲起塵土。周遭行人稀少，他們行色匆匆，比往常更加心事重重，臉上像戴了面具。回到家後，我鬆了一口氣。柯雷契卡太太不在家，我坐下，拿出教授交給我的文件。我的腦袋一片空白，但還是開始著手，準備下筆。我強迫自己思考，我不是真的很想要，但也不想讓它溜走。我沒有別的機會，沒有別的路。而且，從事我以前不容許自己做的事，有一定的樂趣在裡頭，禁止中的一種滿足，一種挑戰。我知道自己真正想寫的是什麼，是那本比任何事、比任何書都更加打動我的書。但我也知道我不能寫關於《喬凡尼的房間》的事，它從未在波蘭出版，我甚至不該知道這本書。但是我讀過鮑德溫其他作品，大部分是涉及美國社會的黑人，關於他們受到的歧視和迴避。我看得出它的意義，看得出它是如何披露出西方世界的雙重標準，如何顯示出在資本主義強權所讚揚的自由主義和民主背後，存在著種族主義和白人優越主義。當然，我同時也可以體會。我的內心懷抱著自己的不同和自己的羞恥，這並不明顯可見——至少，不是每個人都能立即察覺——但它就在那裡，而且是一種危險。這就是我開始要寫的東西。

我記得看過關於麥爾坎·X[8]的事，關於他和鮑德溫的友誼，以及他的掙扎和對於壓迫和自衛的激進觀點。我拚命寫著，身體像是消失了，頭腦飛快轉動，完全失去了時間感。

鑰匙在鎖孔轉動，柯雷契卡太太出現在門邊。我訝異於她的矮小，而她手中的購物網袋讓她顯得更加矮小，我從她手中接過購物網袋，放到廚房流理臺上。

「親愛的，謝謝你。」她說，摘下頭上的貝雷帽。「排隊隊伍愈來愈長，不然就是我的腿愈來愈差了，不過我還是設法買到了肉。」她露出淺淺笑容，笑意直達眼底。「這真是奇蹟呀。」

過了一會兒，馬鈴薯送去煮了，而我坐在桌邊，把胡蘿蔔刨絲。

「我們快樂一下吧。」她說，從沾染汙漬的灰色包裝紙中拿出肉，放到流理臺。「如果繼續這樣下去，任何炸肉排都可能是我們的最後一道。」她開始用錘肉器敲打肉塊，錘擊聲幾乎淹沒了她的聲音。「你聽到消息了嗎？」她拿了一個白麵包和一個盤子給我，然後開始在碗邊敲開蛋。我搖搖頭。

「吉瑞克決定調高肉價。」

「什麼？」我不敢置信地看著她。

她轉向我，用圍裙擦拭手。「肉製品在食堂的價格已漲了六成。」

「他們不能這麼做。」我說，不敢置信中加入了怒氣。

她的視線轉回肉塊，再次用錘肉器敲擊它。「那是我們以前的想法，但是他們可以，也會這麼做的。」

後來，我們在沉默中吃飯，細細品嘗每一口酥脆麵包和炸肉排、紅蘿蔔絲拌奶油及茴香奶油馬鈴薯。通常，柯雷契卡太太會告訴我一些她的人生和婚姻故事，以及兩人的旅行，她是怎麼陪伴丈夫遠征探險。但那天晚上沒有，那天晚上像是

8 Malcolm X（一九二五～一九六五），非裔美國人民權運動者，一九六五年遇刺身亡。

有什麼東西高懸在我們頭上。在外頭的夜色中，方方整整的方塊住屋大樓裡逐一亮起燈光。

你的住屋就像普拉加區其他所有房子一樣，老舊磨損，門面布滿星星形狀的彈孔，生鏽的陽臺面向街道，有些還掛著等待晾乾的衣服。拱門入口通往院子，一座聖母像屹立在高高草叢和黃色劍蘭當中，雕像臉色蒼白，穿著藍袍，掌心朝著天空，一圈金漆星星環繞著她精緻的頭部。

在那些日子中，我就跟以前一樣遠離教堂，但在院子一片衰敗之中，這座美麗雕像卻像是有著什麼打動了我，在我走向你的公寓時，與我同在。樓梯十分陳舊脆弱，我不知能否承擔我的重量。它還有一股溼氣，隨著每一個腳步吱吱嘎嘎，但還是撐住了。二樓有個老婦人懷疑地看著我，沒有理會我的致意。四樓有一群小孩跑過轉角平臺，像醉漢那樣尖叫咒罵。你住在五樓，也是頂樓。

「路茲歐。」你開門時輕聲呼喚，目光同時搜索了我身後的梯間。你的房間很小，但你一個人住，這件事本身就是一種奢侈。老舊的木地板，兩扇面對庭院的窗戶，一張書桌，一張鐵架床放在角落，我們在此躺下。我們深深親吻了好久，努力平息無盡的渴求。

你問我餓不餓，從窗簾後面撈出一條麵包，再拉上窗簾。你切開麵包，像嬰兒一般把它抱在胸前，並且把鋸齒切刀移向心口。我們在那裡坐了好一陣子，心滿意足咀嚼這厚厚切片，聽著房子吱嘎作響和鄰居的隱約聲音。我告訴你，我當天向梅爾維茲教授展示我的想法，他非常興奮。計畫書在那個星期就可以準備好提交。

「太棒了。」你在啃咬之間說道，眼睛閃閃發光。「我希望你能拿到。」

「我也是。」我說：「如果不能……我不知道到時要做什麼。」

你轉向我，貌似鼓勵的樣子。「等我安頓下來，可以嘗試讓你到我的部門工作。」

我搖搖頭說：「不要。」你看著我，彷彿期待一個解釋。一時之間，我們都沒有說話。「你聽說過食物價格了嗎？」我終於問道。

你點點頭，轉開視線。

「然後呢？」我探問，現在換你沉默了。

「然後**什麼**？」你聳聳肩。「如果他們做了，就表示該這麼做。」

「你認真的嗎？他們這麼做是因為他們不知道怎麼治理國家。你認為我們所有食物、所有製造的食物都到哪裡去了？還債去了。送去俄羅斯，送去西方，我們蕩然無存。」

你安靜了片刻，神情僵住。「路茲歐，你得注意你說這件事的對象，你知道的，對吧？」

我迎向你的目光。「但你知道這是事實。」我堅定說道。

你站起來，從書桌底下拿出半瓶水，倒進玻璃杯。「是。」你背對我輕聲說：「但知道這件事沒有好處，一點也沒有。」你回到床邊，把水遞給我。「為了你自己，不要這麼急躁，不然會惹上一堆不必要的麻煩。」

「那我們為什麼不——」

「別再說這件事了。」你霍然說道，突如而至的冰冷語調打擊了我。「我們過的人生不一樣，無法取得共識的。」

我腦袋一片混亂，手中的玻璃杯冰冷。你從未這樣跟我說話，這樣地冷漠。我不知道自己是想要逃開，還是被安撫。不管怎樣，我已經不想再說話了。一種新的沉默開始蔓延，開始散落你最後的話語，冷卻它們的激烈。你躺在床上，盯著天花板，而我躺在你身邊。然後你的手找到我，眼睛撫慰地和我對視，眨眼道歉。我們的身體本能地互相靠近，我感覺著你襯衫底下的胸膛，回溯你鎖骨的擺動和肩膀的堅實。你嘗起來還是一樣的溫暖樸實。我在昏暗的光線下脫掉你的衣服，你棕褐色的肌膚依舊明顯可見，圍繞著我們的房子充滿生氣——底下拖曳的腳步聲、汩汩作響的水管，水龍頭打開關上，伴隨著我們的奮力掙扎。後來，當夜晚來臨，我們已經筋疲力竭，兩人面對面躺著，你的鼻尖貼在我的鼻梁上。在黑暗中，其他一切都不重要。

「我明天開始上班。」你過了一會兒說道。

「如果你願意，我過來接你。」

你搖搖頭。「最好不要，最好不要給他們懷疑的理由。我星期三跟你在游泳池見。」

我緘默不語，讓你的言語在我心中迴響，逐字斟酌。「所以我們突然變成秘密了，嗯？」

你用手肘撐起身子，眼眸看起來更加深邃。

「路德維克，我們一直是秘密，只是直到現在，才有隱瞞的對象。」或許是因為不自在，你微笑了一會兒。「你可知道如果他們發現會怎麼做？」你皺起眉頭。「他們有名單，會不斷追蹤，他們知道如何運用資訊。」你任著食指輕柔劃過我的臉頰，這感覺像是威脅。我迅速點點頭；你的手離開了。

「沒有法律禁止我們的事。」

「我知道。」你的聲音軟化。「但我們需要裝作有這樣的法律，你可知道他們對傅柯做了什麼？」

我茫然看著你。「那個哲學家？」你點點頭。「他跟我們有什麼關係？」

你從床上坐起，背靠著牆。「他年輕時來到華沙，掌管某個法國文化機構，特務部門知道他的事，就找了一個俊俏的學生，引進傅柯的圈子，確保這傢伙讓他著迷。這件事奏效了，有一天兩人到布里斯托飯店開房間，然後砰——」你打了一個響指。「——進來了一些特務，逮到他們在床上。傅柯被控嫖妓，一星期後他就辭職返回巴黎。」你的聲音聽起來幾乎得意洋洋，彷彿非常敬佩他們的效率。但是有那麼一瞬間，我見到你臉上泛起一絲憂慮的波紋。「懂了嗎？」

我默默不語。水管輕輕咚了一聲，開始晃動。一股沉重的感覺籠罩著我。

「而你想要這樣生活下去嗎？亞努許，在恐懼之中？」

你大笑，自信重新歸位。「我不怕，我們只需要管好自己的事，避免風險，精明一點。只要這麼做，我們就不會有事。你不覺得嗎？」

我聳聳肩，感到挫敗。

「很好。」你從床上跳起身子，重新充滿活力。「我要去沖個澡。」你套上襯衫和短褲後，在走廊消失了身影。

那一星期你開始上班，我致力於我的計畫書，並在教授的一些協助後，提交給委員會。然後，我所能做的只有等待。公寓狹小，而我心慌到精力過剩，便開始把日子用在穿行城市。一天上午，我走過沃拉區，行經密集的方塊住房大樓，朝墓地區前進。其中最大的是波瓦茲基墓園，這裡經過修剪的榆樹和一排排的十字架墳墓，全都像博物館裡的雕像一樣受到照料、除塵和看顧。隔壁是韃靼人的一個小型穆斯林墓園，似乎從來沒有人來過。它大約一間教室的大小，各個墳墓開始消失在草叢間，像是形成中的考古地點。然後是猶太人的墓園，它大且深，是一個看不到盡頭的長方形；沒人看得到裡面。它被廢棄了，大門永遠上鎖。我唯一見到的是聳立探出圍牆的巨大白楊樹，這道牆隔開城市，讓它免於接觸這尖銳歷史碎片。我沿著圍牆行走，看著這道老舊紅磚爬滿藤蔓，欣賞堅實的樹木在風中擺盪。我想像隔牆恣意暢行的大自然，小小森林從被遺忘的墳地核心生長出來。從我站的地方，它們就像城市裡最美的樹。

我繼續往前走，經過棄置的工廠，成群的烏鴉在這裡徘徊，形似利劍的白堊般鳥喙聒聒啼叫，往塵土飛揚的地面投下巨大陰影。我穿過沃拉，走向市中心，來到豎立猶太區起義[9]紀念碑的廣場。看著紀念碑的規模，以及雕刻在碑面上的扭曲面孔所呈現的悲傷，讓我起了一陣寒顫。我沿著廣闊的大道加快步伐，每隔五百公尺才能橫越一次馬路，這讓人感覺暴露在外，也像被排除在外。我走著走著，穿過捷爾任斯基廣場，一路來到市中心，然後稍微往南，走向以巨大尖塔直刺夏末天空的文化宮。站在它的下方，我抬頭望著史達林送給這城市的禮物，這巨大的混凝土，這最大的傷疤，我的頭開始暈眩。那是九月，天氣仍舊溫暖，但不知怎地，空氣中已隱約有了腐爛的味道。

我走回家。空蕩蕩的夏日結束後，這城市再次充滿人群。學生回來展開新的學年，工人結束假期返回。商店的排隊人潮如見血的嘴唇一樣腫脹——運貨次數已變得稀少，而且時間相隔甚遠，唯一買到東西的方法就是等候。排隊人龍開始占據整個街道，我必須擠過雜貨店的排隊隊伍才能往前行。婦女拿著空籃子站著排隊，翹首越過前方隊伍的人頭探看前面的狀況。排隊的人群有時會站著聊天，但大多數都不跟人來往，只是嘀咕抱怨，喝斥有插隊嫌疑的人。

柯雷契卡太太每天都會一大早出門，根據熟人得來的傳言，加入似乎最有希望的排隊行列。她行走城市時，手提袋裡隨時放著購物網袋，每當碰到像是可能買到東西的隊伍——不管是衛生紙還是豆類罐頭，她就會加入排隊。

大部分的晚上，柯雷契卡太太都空手而回，一臉疲憊。她會坐在客廳的桌子旁邊，藉由小燈照亮雙手，使用剩布做帽子，以便在排隊時兜售。當我從你的住處回來，外頭夜幕降臨時，她會對我微笑。「什麼都沒等到，只是排個可能性，我們大家現在全都是這樣。」有一天晚上，她輕聲說道，眼睛閃爍著悲哀和諷刺。「沒有時間以外的貨幣，而且它很廉價。」

我們也吃得愈來愈少，東西也更少了。我經常在校園食堂用餐，但不是肉類。

9 Ghetto Uprising，二次大戰德國占領波蘭期間，猶太抵抗組織一九四三年在華沙猶太區發動的起義，是猶太人在二戰最大規模的起義。最後，猶太人犧牲人數達一萬三千人，而德國傷亡極低。

有時候，我們會很幸運。有時候我回到家，她會站在廚房，收音機在她身旁播放著蕭邦，爐子上傳來烹調的香氣，很可能是加了孜然。她喜歡孜然。

「路茲歐，過來吃吧！」她說，小小的眼睛帶著笑意。「你一定餓壞了。坐下來，告訴我你今天過得如何。」

一天早上，當我還在等梅爾維茲教授的消息時，我發現柯雷契卡太太躺在她客廳的床上，毯子拉高到下巴。「站太久的關係。」她咳嗽中說道。她的咳嗽聲猛烈且沙啞，像是抱怨。如此嬌小脆弱的生物居然可以發出這樣的聲音，似乎很奇怪。我替她泡了茶，加了一些她從妹妹居住的鄉間買來的蜂蜜，但這沒有幫助，她還是咳個不停。「對不起。」她說，疲累得眼睛通紅。「我需要買些藥。」

那天晚上，風愈來愈大，庭院的樹林互相挨蹭，空氣颯颯穿過枝椏之間。我醒來，聽到隔壁房間的咳嗽聲，有如威脅一般銳利失控。

隔天上午，我替柯雷契卡太太去藥局，但那裡沒有她需要的藥物。

「大概兩週內會到貨。」藥劑師面無表情說道。我試了更遠的一家藥局，他們給我同樣的答案。我走回公寓，怒氣在我胃的底部累積，在我全身搏動。

「別擔心。」柯雷契卡太太說：「我不會有事的，只是需要休息一下。」

我替她再泡了一些茶，煮了一些蔬菜。我從食堂替她帶了吃的回來，是波蘭餃子（ruskie pierogi）和醃漬高麗菜，不過咳嗽狀況仍舊持續。乾咳的聲音會讓我從睡夢中驚醒，陪伴著我的夜晚。彷彿有東西試著從裡面撕裂她的身體。

在這幾星期的期間，我跟你不時會去大學的游泳池。它離老城區不遠，就在院系區域高牆下方。我記得它的接待大廳和強烈的氯味——我是多麼喜歡這個氣味呀——以及它的衣帽間，我們會把鞋子放進共享衣物袋後留在那裡。在更衣室，我們會處於其他男孩之中脫掉衣服，他們擦乾身體，互開玩笑，毫不在意自己光著身子，或者是適應了這樣的事實——強壯的背部、大腿和屁股，光滑的肌膚有如雨後的森林樹葉布滿水珠。但奇怪的是，這不會讓我興奮。像這樣赤身裸體，在他們中間換衣服和淋浴時，我們並不真的是我們自己。我們沒有負擔，更加愉快。我們隨著衣服脫掉了自身的角色，只屬於匿名的肉體世界。來回游泳時，我在水中推進，感覺更加愉快了。它讓我想起我們共度的夏天，愜意地漂浮在湖面。游泳時，我溶解在水中，一些東西從記憶深處浮現出來。

我非常小的時候，爸爸剛拋下我們，媽媽極為心煩意亂，我好怕她會因為悲傷而死去。她整天關在房間裡，嘴唇蒼白，眼睛通紅。我努力讓她振作，為了分散她的思慮，我拿著圖畫書到她床上大聲朗讀。然後有一天，她走出房間，臉上化了妝，塗了唇膏和深色眼影，然後帶我出門，把我放上她的腳踏車。我們沿著所在的街道，經過空曠的大公園，前往圓頂百年廳裡面的游泳池。這裡就是她教我游泳的地方，是我們一起下水的地方。她是我的救生索，在我興奮自由地扭動手腳時扶著我。她耐心地教導我，要我相信自己的身體，讓身體漂浮，自己移動。我們一起去游了好多年，即使我已不再需要她扶著。我想要她看著我，以我為傲，讓我們兩人都覺得對彼此很重要。所以，當幾年後那個日子來臨，當他們發現她肺部有東西，我放學回家發現公寓沒人在，只有外婆在沙發上哭泣時，我就沒想過再去游泳池。沒有她，我不想去，彷彿我生活的這一部分隨著她逝去，彷彿永遠無法回來。

有一晚，我們從游泳池游完泳，外面已經開始天黑。我們出來時，頭髮仍溼漉漉。我們看到維斯瓦河波光粼粼，樹木隨風緩緩搖曳，空氣聞起來清新潮溼。夏季仍流連未去，但已經可以感覺到來自西伯利亞、吹拂過浩瀚平原的涼風，宣布溫暖天氣的終了。那天晚上，是通往秋天的途徑。

我們信步走在一個小公園的斜坡，來到杜柏拉街。這是你開始上班後，我第一次和你見面，你說你的長官很喜歡你，已經給你要閱讀的文稿，也就是等候出版許可的書籍。你的工作就是檢查它們，找出對黨的批評或任何不適合大眾的內容。你似乎興奮不已，瞪大眼睛，說話內容像是說給觀眾聽的。

我任由你盡情說著，不知道要怎麼處理我的怒氣，直到你停下話來，看著我。

「你沒有話要說嗎？」你彷彿期待讚美地問道。

我讓沉默湧入，希望能夠模糊現下的事實。我們的腳步聲迴蕩在光線昏暗的街道，這裡別無他人，我盡可能在允許的情況下，延續這樣的靜默。

「你現在應該知道，我永遠不會欽佩你的工作。」我聽見自己這麼說：「它永遠不會拉近我們的距離。」你看起來像是有話要說。「這段期間的排隊人潮多得不得了，食物愈來愈少。」我繼續說道，無法克制憤恨。「柯雷契卡太太生病了，咳得像快死掉的狗一樣，他們甚至沒有藥可以給她吃。」你的臉龐不再緊繃，輪到你沉默了。

「我很遺憾。」你終於說道，降低聲音，回到只對我說話。

「我也很遺憾，我很遺憾生活在這樣該死的體制底下。」

你皺起眉頭，往後瞥了一眼。「不要說這種話。」聲音流露一絲恐懼。這給我一種奇異的滿足感。「我們還能做什麼？任由他們為所欲為？」

你停下腳步，抓住我的肩膀，再度往後看了一眼。「工作，保持沉默。」你直視我。「別做傻事。」我迴避你的目光。「我是說真的，路茲歐。」你搖晃我，像是試著搖醒我。「我跟你說過，我們不能冒險。你想去抗議？為了什麼？為了最後被關進牢裡，徒然成為烈士？」我抬起眼睛看著你，突然意識到我們就這樣站在街道上，臉龐如此接近。「有許多方式可以過上美好生活。」你像是聽見我的想法般繼續說著：「我會找到辦法解決的，你難道不能信任我嗎？」你露出我從未見過的懇求眼神。此時，我們聽到靴子踢踢躂躂走在人行道的聲音。

「亞努許？」對街傳來一聲呼喊。一名女孩站在街燈投下的圓形光圈底下。

「是你嗎？」

你放開我。「哈妮雅！」你的神情發亮。

她穿過街道，你們投進彼此的懷裡。我在你的肩膀上看見她的臉蛋，她閉目微笑。我的頭腦一片混亂。她睜開眼睛，看到了我，這就好像看到幽魂——蒼白的肌膚和深邃的黑眼睛。我不曾近距離看著她，但還是認出來了。是那個女孩，我曾在營隊見到你跟她在一起。她穿著風衣和牛仔靴子，看起來非常時尚，但更加引人注目的是她的耳環：閃爍著彩虹全部顏色的珠串，就像異國鳥兒的尾巴，長到幾乎碰到她的肩膀。我無法從耳環上挪開目光。

「亞努許，好久不見。」她大喊，調整了一下頭髮，耳環隨之擺動。「你這幾星期都到哪裡去了？」她的視線落在我身上。她停下話來，跟我互相對看，略顯尷尬，直到你說：

「來吧，讓我介紹一下我的游泳同伴。哈妮雅，他是路德維克。」

我們握握手，她的手柔軟潔白，有如鴿子一般。

「真高興認識你。」她說，語氣聽起來很真誠。她的目光和我對視片刻，才轉向你身上。她的手放上你的手臂。

「我現在要去找拉法爾，他就住在這附近，你要去嗎？」

你瞥了我一眼，她現在完全轉向你。

「我很想，但是——」

「你很忙嗎？」她揚起眉毛。「來吧，喝一杯就好。我們一直說好想念你。」

我看得出你的手指緊緊抓著背包的背帶，臉上露出我猜不透的表情。

「今天晚上不行。」你終於說道：「抱歉，下次吧。」

她看了你好一陣子，直到嘴角勾起笑意。「好吧，但我的生日派對可別推托哦。就在這個月底，你會來，對吧？」

你點點頭，她親吻你說再見後，就疾步離開。她的靴子重重踩在混凝土地面上。我們默默無語站了一會兒，氣氛奇妙地變得有點緊張。你看起來情緒低落，甚至可以說是憂慮。

「還好嗎？」我問。

你點點頭，沒有看著我。「沒事，我們走吧。」

「你覺得她看到我們了嗎？」

「我不知道，我想沒有。」你的表情再次難以捉摸。

我們爬上傍著石牆的一道狹窄樓梯。石牆後方是女子修道院，以及它帶有果園的迴廊和放牧的乳牛，而新的住宅街區剛好聳立在它的上方。

一群穿著緊身牛仔褲的男孩迎面而來，走下這狹窄通道。其中一人摟著一個濃妝豔抹的嬌小女孩的腰，另一名臉龐瘦削、頭髮用髮膠往後梳的男孩，則帶著好奇的眼神上下打量你。你注意到他，神情似乎因此變得陰沉，接著轉開視線。我們來到橋上，等候綠燈。市區在我們右方，高樓大廈的霓虹燈閃爍，廣告著俱樂部和餐廳；左邊則是維斯瓦河和普拉加那一邊的黑暗河岸。我想我感受到你心神不寧，你從側面看著我。

「怎麼了？」我說。

你抬頭望著紅燈。「我想今晚我自己一個人過比較好。」你聽起來小心翼翼，有點拘束。「只有今晚。」

「為什麼？」

「我需要一些時間獨處。」

我看著你的眼睛，努力分辨其中的意義，而你的表情冷靜沉著。

「我只是累了。」你說：「我需要休息。可以嗎？我很快會去找你的。」

「是因為哈妮雅嗎？」

你搖搖頭，沒有看我。「別想太多。」

號誌轉為綠燈，一列電車出現。我們說了晚安，兩人的手都插在口袋，然後你頭也不回，過了馬路。

三天過去了，都沒有你的消息。與其讓自己發狂，我還是搭上吱嘎作響的電車到河的另一邊。你打著赤膊開了門，手中還拿著刮鬍刀。你看到我似乎很驚訝，但沒有不高興的樣子。你邀請我進門，你的桌上有一個水缽，一面小鏡子靠著一堆書支撐立起。

「我正準備出門。」你坐了下來，一手撫過鬍碴說道：「去喝酒，我的長官邀請我們去他那裡。」你試著讓語氣聽起來隨意，然後瞥了我一眼，像是在測試我的反應。我很鎮定。你拿起刮鬍刀，再次看著自己。「我們明天見個面好嗎？去游泳池？」

我點點頭，有了確定的回應，讓我鬆了一口氣。「好，今晚盡情玩吧。」我設法不帶諷刺意味說出這句話。你起身，沒放下刮鬍刀，就狠狠親了我的嘴。

我去了校園附近的一家學生咖啡館，為如果進入下一輪就會進行的委員會面試作準備。鮑德溫對於美國種族的解析。梅爾維茲教授也稱讚了這個題目，說我會是國內第一個研究它的人。這讓我想到，到目前為止，我這一生所做的一切不是無關緊要，就是可以取代。這是生平第一次完全屬於我的東西，需要我才能存在的東西。我現在每一天都在期待教授的消息，努力抱持希望。

咖啡館打烊後，我收拾東西準備回家。這是個溫暖舒適的夜晚，或許是今年最後一個這樣的氣候，所以我決定走遠路回去。我走向老城區，這裡的燈光已經因為入夜而關上。情侶坐在齊格蒙國王圓柱底下親吻，或是倚著重建的城牆。我穿過狹窄的小小街道，經過大教堂，來到舊市場廣場，這裡除了一些對著修復的巴洛克式建築正面拍照的觀光客之外，幾乎空無一人。這些房屋的高大屋頂畫出了四方形的天空，然後我聽見了微弱但穩定的薩克斯風吹奏，貝斯緊接在後。旋律飄蕩在空中，僅僅是爵士樂的低語。

我走向廣場另一頭的聲音來源，音樂似乎來自一個拉起所有窗簾、光線昏暗的建築。一樓有一扇窗子亮著，我蹲下來，俯視一個擠滿鬧哄哄人群的拱形地下室，煙霧從群眾的臉龐飄上天花板，玻璃杯貼著他們的嘴唇。一個樂隊就在窗戶下方演奏。我聽出這是波蘭爵士大師柯梅達的作品，可能是來自《水中刀》這張專輯——曲調誘人、混亂，然後慵懶。我的心聆聽著音符訴說的故事，視線徘徊在群眾之間，直到落在你身上。

這就好像有人關上了音樂，就像我心中遭到電擊。你和你刮得乾乾淨淨的臉龐轉向她，她的耳垂在你的指間，長長耳環反射著光譜中所有顏色的光芒。一陣激烈情緒像蛇一般鑽過我的肚子。你們隨著音樂擺動，你擁著她，她擁著你。她的雙手攀著你的肩膀，上色的指甲在燈光下閃動，長裙隨著音樂搖曳。我忘不了這個畫面：你摟著她的腰，手指陷在她裙子的布料，好像找到了歸宿，你溫柔的眼神讓我印象深刻。我看著你們兩人，就好像你們是一對陌生人。我拚命告訴自己，這不代表什麼，這不是真的。然而，看著你們，只讓我感覺到力氣完全流失。我站起來，覺得頭暈目眩，視線模糊了片刻。我走路回家，每走一步，我的心臟就跳兩拍。

○○○

我猜你從來不知道我那天晚上看到你了，你可還記得那個音樂？可還記得她的耳環？有沒有你已經遺忘，或是我錯過了的東西呢？當然，我的記憶有其局限，它可能在空白處上色，加以渲染或修正，而不承認做過這件事。我猜情緒沒有所謂的照相式記憶。但這是我現在認定的事實，不論好壞。

我今天很早就下班了。公寓一團亂，所以我動手收拾。這裡的天氣開始變冷，但就這季節來說還算溫和。早上最好穿上外套，但中午太陽強烈，中城大道上的商務人士在午餐時間脫下外套，身上的白襯衫在冬季光線下閃耀，他們目標明確走在街道上，健身訓練過的臀部也跟著推搡長褲的布料。和家鄉不一樣，那裡的人們這時必定已戴上帽子，裹著圍巾。我敢說空氣已經變得凜冽，刺痛你的臉龐。我還記得華沙十二月的寒冷，那種無情的嚴寒。我一度覺得像是置身柴油和燃煤的氣味，走在寬闊的長長大道上，上方的文化宮赫然聳立，而你在我身邊。當然，我在這裡還是看得到波蘭人，就在綠點社區[10]的街道上，我去跟他們購買罌粟籽蛋糕、pierogi（波蘭餃子）和 twaróg（奶渣乳酪）。我大老遠就能注意到他們，非常容易，就像認出同類。但是來到這裡的波蘭人不一樣——他們的眼裡充滿希望，就像我來到這裡的時候一樣。他們清醒著。

我在十點鐘打開電視。美國總統雷根發表演說，某個太空梭的映像，拳王阿

10 Greenpoint，紐約市的大型波蘭人社區，位於布魯克林。

里倒在拳擊場上，然後主播身後的畫面變成白紅旗幟，我的內心開始失重。「波蘭持續戒嚴。」穿著寬肩套裝的女主播，露出美白的牙齒繼續說道：

「儘管外國記者遭到驅逐，我們仍有證據顯示，波蘭軍方已在全國五大城市部署坦克和成千上萬的軍人，以回應抗議浪潮。專家指出，這項舉動顯示該國政府企望在沒有克里姆林宮的援手之下解決危機，以避免暴力升級。儘管如此，駐紮波蘭的蘇聯軍隊仍維持待命狀態。」

螢幕瞬間出現了一張照片，顯示一輛坦克停在一個積雪的廣場，幾個軍人從坦克艙門爬了出來。伴隨一股劇烈的鄉愁，我認出了他們身後的建築物，那是我和凱洛琳娜過去不時會去的莫斯科電影院。但最引人注目的是懸掛在坦克上方的海報，鮮紅字體的《現代啟示錄》，那是導演柯波拉的新作。

剎那間，這種荒謬感塞滿我的喉嚨，幾乎讓我窒息。這些年來，他們會讓我們觀看外國電影，讓我們一窺柏林圍牆另一頭的世界和我們所沒有的自由。他們真的認為我們會永遠靜止不前嗎？

我想著這位攝影師和他的勇氣，想像這張照片是怎麼送出波蘭：一捲底片放在秘密隔間或清空的牙膏軟館，偷運至西德。困在歷史錯誤一邊的不知名人物被壓縮捲起，放進陌生人的口袋。無論世界發生什麼事，無論多麼殘暴或反烏托邦，只要有人冒著危險記錄下來，就還有一絲希望。

小小火花也能引燃熊熊大火。

○○○

看到你和哈妮雅在一起的隔天上午，我醒來感覺像是宿醉。我想起前一晚，身體彷彿全身肌肉痠痛一般，有種灼熱感。我躺在床上，住宅大樓屋頂上方的天空顯得灰濛濛。我的思緒有如燕子俯衝而下，旋即避開地面，高飛離去。我不知道如何遏止它們。

我起床走到浴室，卻發現柯雷契卡太太在客廳睡覺。有東西引起了我的注意，一種小小的深色東西。我悄悄靠近她，發現她嘴巴附近的羽絨被滿是汙漬。同樣的汙漬也出現在她握著的手帕上：深暗，不可逆的緋紅色。我只能壓抑自己不要大聲倒抽氣。她輕聲呼吸著，解開的白髮如光環般散落在枕頭上，看起來就像一個年老的孩子。懼意有如教堂鐘聲，在我內心振動響起。我穿上鞋子外套，匆匆往外衝進帶著涼意的早晨。最近的診所在自由大道和列寧路的交叉路口。我氣喘吁吁跑到那裡，剛好開始看診，而門邊已有一群人在等候。一名健壯的婦人坐在櫃臺，戴著厚厚眼鏡看著手上的時間表，眼鏡後面的眼睛看起來很小，像是在一里之外。終於輪到我的時候，我告訴她柯雷契卡太太的狀況，結結巴巴說明了咳嗽以及血跡。

「醫師先生滿診。」她頭也沒抬地說道：「最早的約診時間是下星期。」

我堅稱這是急診，她抬頭看了我一下，冷漠的眉眼幾乎流露出同情。

「這樣的話，試試醫院，只是我懷疑她可以搶過斷手斷腳和血流滿面的人。」

然後她又俯身回到手中表格。

「妳一定還有別的辦法。」我感覺時機從指間溜走。「拜託，能不能破例？」

她再次抬起眼睛看我，這一次毫無同情之意。「我跟你說過該怎麼做了，現在，不要再擋住你公民同胞的隊伍了。」

我在寒冷的上午佇立，身在寬廣的自由大道，太陽遙遠，沒有暖意，只有刺眼，它往人行道上灑下充分的光線，落在神情沮喪、匆忙趕往工作的大批人群身上。

在貝尼克離去後不久的一天，我放學回家發現外婆坐在沙發上痛哭。她不斷抽噎，甚至沒辦法告訴我出了什麼事，直到終於冷靜下來，她告訴我他們發現媽媽的肺部有點問題。「並不嚴重。」她說，臉頰的淚水開始乾了。「交給醫師就好。」

我在寒冷的上午佇立，想起我們是怎樣坐在醫院，等候他們讓媽媽出院；等候室的時間是怎麼不斷滴答作響；我又是怎麼緊緊抓著外婆的手，像是當成救生衣一樣。我們周遭煙霧彌漫，煙霧不斷從緊張的各手指之間的香菸中滲出，空氣混濁，無法看透。最後，一個冷淡、神情僵硬的高大醫師說，他有個壞消息。

我按照婦人的建議，走到最近的醫院。這是一個我曾經搭車經過無數次，卻一直沒看到它的不知名大樓。一名獨腳拄著枴杖、穿著破爛睡袍的男人，在門口抽菸。裡面的灰色走廊充斥著消毒水的刺鼻氣味。我在接待處抽了號碼牌，然後在排隊的長椅上找了位子坐下。一群群的人們在悲慘的沉默中等待，只有躺在走廊臨時床舖的病人的哀號劃破靜默。醫院的時間掌管一切，如冰河般堅實無情。我對面的人在看《人民論壇報》，黨主席吉瑞克在頭版瞪視著我，他在跟一個不在畫面裡的某人握手，他一副老鼠臉、嘴唇細薄，極為洋洋得意。我的雙手在外套裡握成拳頭。

「三十三號！」

輪到我了。護理師在玻璃後方的小小隔間裡，眼睛一直盯著面前的文件。我再度說明了狀況，這一次更為仔細，努力保持謙卑的語氣，讓它像感覺得那樣嚴重。

「病人有來嗎？」她打斷我，第一次抬起頭來。

「她在家，我需要跟醫師談談她的症狀。」

她的表情厭倦，死氣沉沉。「這裡是醫院，帶病人過來，或是帶去診所。」

三十四號！」目光撇下我。

「拜託！我已經過來了，診所這星期約不到診，我能不能跟醫師見一下面？」

「這裡的規則不是我訂的。三十四號！」

我正想再次抗議時，有人把我推離櫃臺。我一陣火氣湧上心頭。

「走開。」排在我後頭的中年男子氣沖沖地說，他有著汗水和洋蔥的味道。

「這裡不是只有你有困難。」

我想把他推到地上，拳頭用力敲擊護理師的窗戶，放聲尖叫。我看到自己這樣做的情景，清晰生動得像是真的發生了，而這嚇壞了我。我默不吭聲，沒再看那男人和護理師一眼，就離開了。我走到街道上，滿懷怒氣，感覺雙腳緊繃。我神思恍惚走著，幾乎不知道自己身在何處。直到有人輕碰我的肩膀，然後我看到自己不知不覺走到了新世界大街，一名穿西裝打領帶的陌生人站在我面前。此時，我發現那是你，是你，看起來像是不同的人。你的頭髮梳向一旁，皮鞋晶亮。我鄙視你，因為在你臉上見到了同情。

「你在這裡做什麼？發生什麼事了？」我們站在街道中央，你這麼問我。

「柯雷契卡太太……咳血……沒有醫師。」我感覺淚意湧現，是憤怒的淚水。你把手放在我的肩膀上，厚實而溫暖的手。

「來吧，路茲歐，我們找地方喝個咖啡。我現在是午餐休息時間，我們會想出解決辦法的。」

你的手移到我的背部，帶我跟著你走。我抗拒它的推力。

「亞努許，放開我。」我咬著牙說：「我已經受夠了想出解決辦法，也受夠了談話。」

你不為所動，手仍停留在原位。

「路茲歐，你需要冷靜下來。我們不要當眾吵架，走吧。」

我推開你的手，解除了它的重量。「回去你的辦公室。」我怒火沖天。「如果你要的話，也可以去她身邊。」你的神情變了——或是說領悟了。我迅速轉身，留你獨自站在那裡。

碰到的第一個無人使用的電話亭後，我撥打了我唯一會背的號碼。它響了好幾次，鈴聲緩慢而哀傷。

「路德維克，我的孩子。」她沙啞聲音中的溫柔語調讓我整個顫抖了起來。聲音中還有著寂寞、疲憊，是一個已經不再習慣說話，已經用掉它大部分言語的聲音。「親愛的，一切都好嗎？」她問。在周遭熙來攘往的人群中，我可以感覺到我們舊公寓的沉寂。我對著話筒點點頭。

「都好，外婆，我沒事，只是想聽聽妳的聲音。」我深深吸了一口氣。「真高興聽到妳的聲音，妳好嗎？」

「我很好。」她慎重說道：「別擔心我。願神保佑你，親愛的，早日回家，好嗎？」

熟悉的罪惡感在我內心翻騰，同時渴望著那一段遙遠的童年，當時一切似乎都無憂無慮。「好，外婆，我會的。」

我掛上電話，繼續往前走，憤怒自己的無力感。我懷抱內心的怒火走著，舊時的羞恥感擾動，在肚子深處甦醒，感覺沉重、猛烈且尖銳。我往公寓的方向行走，眼睛盯著人行道，看著混凝土的裂縫。

我碰到雜貨店旁一條長長的排隊人龍，而不知為何，我突然在路上停下來。街上一陣騷動，一種無可否認的活力挪移。就好像天空即將打雷，每一個人，包括排隊的人群都抬頭望。一朵雲從天而降，在陽光下顯得潔白明亮，一張張的紙，有如翅膀般輕盈美麗，有如時間般飄揚穿過十月的空氣。這感覺就像一場夢，大家動也不動站著，帶著購物網袋的婦人、情侶、小孩都伸出雙手，抬起頭張望，聽任紙張如雨滴般落在他們身上。其中一張落在我腳邊，上面有一隻鮮紅的手，像是滴落著鮮血，抓著麥稈。「我們的土地，我們的食物。蘇聯滾出去，我們的權力請進來！」它以黑體字寫道：「兄弟姐妹們，今晚站出來。」

這些文字在我心中迴盪，有如在腦海裡說話的聲音。群眾看完文字後，就從驚訝變成了疑懼。一個孩子彎下腰撿起紙張，他的媽媽從他手中扯下來，打了他一下，就拖著他離開。有人急急往前走；有人抬頭看著我們上方矗立的大樓窗戶。我站著注視一切，感官暈眩，大腦異常鎮靜。警笛聲已經開始響起，人群跑向大樓，排隊隊伍散去，人們像內心有愧的狐狸匆忙離去。在這片混亂局面當中，我彎下腰，拾起傳單，一把一把塞到我的背包，聽著耳裡傳來的脈搏撞擊聲，一疊一疊塞進去。警笛逐漸逼近，我跳上駛來的電車，感覺心臟幾乎就要跳出胸口。

我衝進門時，柯雷契卡太太在廚房裡。她倚著流理臺一陣咳嗽，像是一棵穿著睡袍的易碎小樹。我扶著她回到床上，她整個人的重量靠在我身上。

「妳感覺怎麼樣？」我問。

她溼潤的小眼睛看著我說：「親愛的，應該好了一點了。」

我協助她躺下。被單原本沾到血的地方現在出現一大片水漬，我裝作沒看見。我在自己的房間拿出收音機，打開電源，以掩蓋她的咳嗽聲，以掩蓋我的思緒。我想要淹沒腦海裡的聲音，說我撿這些傳單是愚蠢的行為，可能會讓我被關起來。我甚至沒聽見音樂，只是坐在床緣，雙手抱頭，緊閉眼睛。

我想起那個在水泥顏色的天空下，迎著無情的風勢，緩緩移動的行進隊伍。隊伍從教堂出發，我和外婆在這裡感謝所有前來表達最後致意的人。慰問的臉龐挨著我們凍僵的臉頰。父親沒有現身讓我鬆了一口氣，卻又憤怒父親沒有現身。遺憾和無能為力的行列從教堂開始，沿著我童年的街道、我們遊戲的人行道，經過我們的公寓和滿是醉漢的公園。一具棺木抬向墓地，然後降低、放進墓穴。泥土扔向棺材，一把接著一把，標示先前人生的終結。只剩下我和外婆，生命跳過了一個世代。公寓感覺空洞，收音機之夜不復存在，新聞不再重要。我們不再關心外在世界，改而轉向內在。外婆開始每一天都上教堂，清晨五點起床做第一場彌撒。她完全聽從上帝，就像提前的捐獻一樣，把自己交給天堂。至於我，我撤退進入書的世界。媽媽房間的收音機永遠罩著，甚至不再播放過音樂，許多年來都沒有。

我聽到柯雷契卡太太痛苦尖銳的咳嗽聲，然後我轉向收音機，調低了音量，再把指針調到 101.2，這個頻道經過這許多年仍蝕刻在我的心中。我躺在床上，耳朵靠著揚聲器，屏住氣息。剛開始只有音樂，但我已經鎮定下來。我感覺像是這個音樂僅僅憑藉它的起源，已經開始淨化我。過了不久，熟悉的聲音傳來——低沉、撫慰和清亮。多年來，這頻道有許多人播報過新聞，這是其中一人。他仍舊在那裡。這讓我回想起第一次一起圍坐的情景，我們三人就圍著媽媽房間的收音機聆聽。一個讓人不會跟著搶話，而是會收聽到最後一刻的聲音：「**自由歐洲電臺，一九八〇年十月十日，星期五，四點鐘新聞。**」

他提及影響全國的罷工行動，這造成工廠、礦場和船塢等數十個已知地點中斷生產。工人放下工具，要求取消肉價上漲，改善工作環境，保護自由言論權，並得以組織獨立工會。到目前為止，罷工行動並未和當局出現暴力衝突，也還未抵達首都。但內部消息人士透露，很可能當天下午就會到達。「**居民被要求不要外出，以免遇上和當局的任何暴力衝突。**」

我想起媽媽，想起她毫無意義的人生，她的消極，以及多年來她一直收聽這電臺頻道，向我解釋她知道的真相，這一切是為了什麼？她死的時候，是電力公司的一個聽話員工，從不敢大聲直言，或是實現自己的任何想法。

「你媽媽死於寂寞。」外婆總是一再這麼說，指稱這是因為她在我父親離去後，一直沒有再婚。但我認為是絕望殺死了她，她做的淨是自己並不相信的事，她的內在必定早已死亡，身體幾年後終於跟著放棄。

我關上收音機，起身帶上背包。我告訴柯雷契卡太太我要出去散步。

她虛弱地點點頭，輕聲說：「小心一點。」

外面充滿山雨欲來的氣氛，風吹動樹木，枯葉沙沙作響，紛紛落下。我思考著示威活動的可能地點，涉及工人的示威行動不管是否暴力，最終總是來到總黨部前的小廣場，就在國家博物館旁。

我跳上一輛前往那個方向的電車，清楚地明白感覺到自己的心，就好像它可能一起成為推動電車的引擎。第一批下班人潮出現，街道擠滿人。電車還沒抵達博物館附近的十字路口，就忽然停下，猛然一陣劇烈顛簸。人們驚聲尖叫，努力站穩腳步。我用力抓住，以免跌倒。一個小女孩和一個男人被摔在地板，兩手大張倒在地上。男人的手杖滑到車廂盡頭。我扶他起身，透過他的粗呢外套感覺到他的骨頭，他的身體輕得跟骨架一樣。他氣喘吁吁向我致謝。我們抬頭望，見到電車駕駛隔間空蕩蕩，司機在外頭跟警察說話。街道中央設了路障，一道堅固的金屬柵欄擋住了去路。

「大家下車！」司機回來時大喊。「行程就到這裡。」

乘客面面相覷，一臉困惑。

「為什麼？」剛才摔在地上的小女孩開始哭喊。

「別問這麼多問題。」她媽媽說：「我們走吧。」

我們爬下電車。柵欄另一頭的街道空無一人，成了沒有任何車輛的混凝土地面，只有大量群眾被警察指揮沿著人行道行走。「往前走，往前走！」他們大喊：

「動作快！現在每個人都回家去！」

人群緩緩移動，安靜順從，只有零散的低語。我們見到前方空曠的街道，黨部大樓前方的廣場空蕩蕩，大樓本身不祥地聳立在其上方。

我感覺人潮把我帶離現場，知道自己必須想辦法留在可能展開行動的地方。就在此時，我見到一名女士離開附近一棟建築，她身後的大門仍半開著。我跑過去，在門合上前拉住門。我溜了進去，再把門關上。

樓梯悄然無聲，它通往許多道門，沒什麼跡象透露各是什麼辦公室。我小心翼翼，注意每個腳步，慢慢上樓。我從二樓可以看到街道和群眾，我再往上爬，到了三樓，其中一扇門半掩。我見到裡面是辦公室，兩個身影站在窗戶，俯視街道。「華列斯卡太太，現在不要出去。」一名男人以堅定而友善的聲音說：「示威者隨時會出現，妳最好等到他們經過。」

我迅速溜過他們，往上到四樓，也是最頂樓。四下一片寂靜，我見到棄置的空電車，群眾走在人行道，警察像趕牛一樣要他們離開。街道的其餘部分是一個寬廣空曠的區域，一路通往總部，戴著頭盔的警察沿著路障排列。我像待在樹屋裡的小孩一樣，蹲了下來，雙手放在冰冷的窗臺，手指一陣陣搏動。太陽開始西沉。

此時，有什麼東西接近了。遠方傳來的低沉聲音，就像是蜂巢的聲音，一大群人出現在地平線。我起初看不太清楚，但隨著人群接近，我看得出他們是工人。他們穿著厚重的靴子和深色工裝服，行進中高舉著旗幟標語，嘴裡也不斷反覆呼喊。他們一出現在廣場中央，街上揚起一陣情緒迸發，一切為之一變，就像雨雲經過數小時醞釀累積所下的雨。人行道上的群眾似乎停了下來，注視著遊行的工人，警方大聲叫喊，要群眾繼續前進。同時，一隊戴頭盔和面罩的警察開拔前往罷工者的方向。旁觀群眾傳出一聲尖叫，一名警察用警棍打了人。不知為何，我知道現在就是時機。我站起來，心臟像蒸汽機般奔馳。我打開背包，打開窗戶，冷冽空氣撲面而來，耳邊傳來街上放大的嘈雜聲。然後，我把背包倒置在街道上方，傳單隨風飄揚，像一群四散的鴿子，滑翔遠去。它就像我當天稍早見到的雲朵，那朵雲孕育了這朵雲，而且這一朵也設法停止時間。當紙張如大型的五彩紙屑落下時，我見到街道上的臉孔都抬頭看，男人、女人、小孩、甚至是警察都一臉驚訝和困惑。我像是聽見三個樓層底下的前門傳來拍擊聲，我的心臟像拳頭一樣怦怦跳。我環顧四周，這裡有兩道門，我轉了轉，全都上鎖了。我急切地敲門，但毫無動靜。前門的拍擊聲變得真實起來，愈來愈重，也愈來愈大聲。我跑下一段樓梯，試了其中一道門，並未成功。一聲巨響撼動了建築物，是木頭碎裂的聲音。他們破門而入了，腎上腺素迸發，淹沒了我。我沒了重量，我的內在是火焰構成。我嘎嘎轉動門把，絕望，沮喪。

「警察！」樓下傳來憤怒的聲音，只是我還沒見到任何人影。

「噓！」

我轉身，後面的一道門打開了，一個男人專注看著我、打量我，然後示意要我進去。

樓梯出現沉重的腳步聲。「警察！」

我衝向那個男人，門在我身後關上了。

重重的警靴聲就在門外，他們高聲大喊，跑上頂樓，拍擊樓上的房門。我猜他們沒有看到我。剛才開門的男人有一張睿智困倦的面孔，灰白的頭髮讓他比可能的實際年齡顯老。我們迅速交換了眼神。這裡還有一個女人，比他年輕，我猜年紀大概和我相去不遠，她身長體寬，面容親切。我們聽見警察下樓回來，開始拍擊這一樓的房門，我們的門。男人和女人對視一眼，他朝走道方向點點頭。

「快，華列斯卡太太，廚房。」

那女人拉著我的手臂，我們急急沿著狹窄的走道，來到一個可以看到街景的小小廚房。我還來不及探看外面的狀況，就聽見門上傳來更重的拍擊聲，接著是開門的聲音。

「公民同志。」我們聽見一個低沉有力的嗓音在另一個房間說道：「一名嫌犯躲在這棟建築物，你可有看見他？年輕男人，淺色頭髮，帶著棕色帆布背包。」

「除了我自己和我的秘書之外，這裡沒有其他人。」男人沉著說道。

「那麼就讓我們搜查一下。」

他們的靴子跨過門檻。

我和那個女人在這個小廚房裡對視，就在房門後面有另一道非常窄的門，漆了跟牆壁一樣的顏色。華列斯卡太太迅速打開它，拿出裡面的一些掃帚，把我推了進去。我側身躲好，她關上門。我聽到她把掃帚推靠在門前，聽到辦公室其他部分的跑動聲，然後是她的高跟鞋踩在走道木地板的聲音。

「公民同志，另一個房間可有人在？」

「沒有，長官。」她的聲音說道，毫不緊張。

廚房門砰然打開，我藏身處的門也為之震動。透過縫隙，我可以看到他們小小切片的身影。我想我的心臟就要炸裂。來了兩個人，穿著制服，臉色通紅、憤怒，近在咫尺。我再也見不到你了。恐慌攫住了我，把我拉進深淵。警察迅速移動，環視廚房，然後從窗戶探頭出去察看街上。

「該死！」其中一人低聲說道，拳頭敲擊廚房流理臺。

「全都沒人！」走進走廊的另一人大喊。

門上傳來刮擦聲。

「你現在可以出來了。」那女人的聲音說道。我不知道自己在裡面待了多久，就這樣傾聽警察在這棟建築物快速走動、拍門、搜索各個公寓單位和辦公室，回來調查那男人和女人，登記他們的具體資料；還有外頭的騷動、群眾的尖叫聲，然後除了警笛之外的聲音都逐漸消失。最後，我聽見汽車按著喇叭，電車嗡嗡作響，接著是這個刮擦聲。

我藏身小室的門開了。他們兩人都站在那裡，上方懸掛著一顆電燈泡，街上的夜色在他們身後。我迫使身體離開藏身處，拍掉身上灰塵，意識到他們在我身上的目光。他們穿上了外套，兩人都露出疲憊好奇的表情。

「你真是勇敢。」華列斯卡太太說。

「而且愚蠢。」那男人說，他的灰眸帶著笑意。

「我知道。」我說，感覺很難為情。「謝謝你們，你們救了我。」

華列斯卡太太倒了一杯水，然後遞給我。

「對，真是千鈞一髮。」男人看著我說：「也真是有趣的奇觀，那些傳單。真是了不起的主意，趁整個城市的警力都動員到街上時，丟撒宣傳品。如果不是我們，你今天就得在牢裡過了。」他微笑地伸出手說：「我是塔戴烏許·羅高斯基，律師。」他的手大而柔軟，手指像是小小針插墊。

「我是路德維克。」

「而她是華列斯卡太太，我的秘書。」我們握握手。

「叫我瑪葛莎就好。」她說。

「發生什麼事了？」我問。

兩人對看了一下。「他們驅離了罷工者。」瑪葛莎猶豫地說，幾乎像是不情願。

「有些人受傷了。」

「有人死亡嗎？」

「我們不知道。」男人看著地板說道：「救護車過來載走了。」

「你們覺得我現在出去安全嗎？」

「他們可能還在找你。」他說：「也可能沒有，但最好不要冒險，我們從後門走，來吧。」

我們非常安靜地走下黑暗的樓梯。還沒走到一樓，我就聽見車輛經過的聲音——一樓大門門板已被取下，靠在牆邊。我們溜進一條通往相反方向的長長陰暗走道，然後華列斯卡太太迅速打開了一道門的門鎖。我們躡手躡腳進入沒有照明的院子，面向我們的窗戶中有幾扇亮著，拉上的窗簾所透出的燈光不知為何顯得有點不祥，就像即將揭曉的秘密。我們匆忙走向一輛白色的衛星汽車[11]，他們要我躺在後座。車子啟動後，引擎隆隆作響，我的臉頰冰冷貼著皮革。汽車開出院子，駛進城市的幹道，彷彿未知病毒，滲入城市的身體。我從下方見到房屋和紀念碑掠過，它們在這樣的視角下顯得既熟悉又新鮮。警笛聲在遠方怒號，此時，車子在方塊住屋大樓區的入口停下。

「路德維克，晚安。」男人轉身對我說道：「小心一點，別一直仗著運氣。」

第5章

今天早晨，就像每一個早晨一樣，我搭著地下鐵一路來到曼哈頓。我坐在辦公桌前，試著開始工作，心思卻飄回家鄉。我有一種不好的感覺，就像某種預感。中午一到，我就離開辦公室，走了幾個街區，來到第三大道和東四十三街轉角的電話亭。從來沒在那個轉角看到人，今天也沒有人在那裡。我打給賈瑞克，他是一個調停人，一個接頭人物，知道這社區每一個人的每一件事。他在皇后區一家工廠做晚班工作，我知道他會在家。

「你聽說了嗎？」他幾乎立刻接起電話，以老菸槍的聲音說道：「鎮暴警察在卡托維茲殺害了九名抗議戒嚴的礦工，你相信嗎？他們先是把我們的人民鎖在我們的國家，然後把他們關進監獄，現在當街射殺他們。王八蛋，這一次他們要

11 Trabant，東德自一九五七年開始生產的汽車，銷售各國華沙公約組織國家，被視為東歐國家的象徵，德國統一後不久便停產了。

為此付出代價。」

一陣寒顫從我的背部傳到我的嘴唇。「你確定嗎？」

他像是發射子彈般說道：「確定得要命，千真萬確。」

我想著這些礦工，突然意識到他們可能會是一年前我從扔擲傳單的窗戶看到的那些人，也可能會是我。但在當時，和他們相比，我就是個懦夫。我躲在窗臺下方，躲在廚房的櫃子裡；我從未上街頭爭取發聲的權利。現在，我隔了一個海洋，穿著嶄新西裝。我想知道你在這一切狀況中的角色，你跟自己達成怎樣的協定，因為我們都會跟自己有所妥協，即使是最出色的人。而且，無論我們多麼努力嘗試，這協定都鮮少完美無瑕。

「葛洛瓦基？你還在嗎？」賈瑞克的聲音把我拉回現實。「你還好嗎？卡托維茲有你的親人嗎？」

「沒有。」我說：「我沒事。」我謝謝他，這句話感覺很可怕，然後結束通話。接著，這星期第無數次，我撥打了外婆的電話。

鈴聲不斷鈴鈴鈴鈴鈴鈴，像是責罵一樣無情地重複著。

我走回去上班，等候悲傷的情緒退去。

○○○

撤傳單後的那一晚，我睡得很沉，一夜無夢，就好像在水面下漂移一樣。我解除繫泊，是一艘終於離開港口的船，沒有自身的控制，任憑風兒吹送。醒來時，我幾乎不知身在何處，自己是誰，感覺就像我結束海面下的漫長旅程回來了。我和衣躺在床上，背包在旁邊的地板上。外頭，太陽高掛在萬里無雲的天空中。

我聽見柯雷契卡太太在咳嗽，便起身查看她的狀況，殘餘的睡意因為憂慮而擴散出去。她身上沒有血漬，被單上也沒有。我去廚房為她泡茶，思索要做什麼給她吃，思索是否要再去診所試試看。甚至思索我外出上街是否安全，警方會不會就過來抓我，還是我有了妄想症。而就在我端茶給柯雷契卡太太的當兒，門鈴響了。鈴聲刺耳，像在哭泣。

柯雷契卡太太看著我，我們從來沒有訪客，只有一個鄰居會在星期五過來跟柯雷契卡太太一起打毛線，但今天不是星期五。

「路德維克先生，你有訪客嗎？」

我搖搖頭，傾聽外頭動靜。

門鈴又響了，顯得更為迫切。

「你要不要去看看是誰？」她問。

我走在通往大門的走廊，雙腿發軟。我閉上眼睛，心臟劇烈跳動，想起前一晚的驚險逃生，還有那個窄櫃，警察近在咫尺。我讓自己張開眼睛，透過防盜門眼往外看。在球狀玻璃中，你的臉龐又大又圓，像是月亮一樣，下方身體細小，連接在你身上有如花莖。我如釋重負，開了大門。我們默默不語，對視許久。

「我帶了一點東西給你。」你指著手中的購物網袋。我示意你進來，你在走廊脫掉鞋子。我突然覺得有你在這裡是多麼奇怪，你讓這地方看起來是多麼窄小。我跟柯雷契卡太太介紹你，她的臉龐以我好幾星期沒見過的模樣，整個亮了起來。

「所以你就是這個夏天和路德維克一起去旅行的那位親切先生？」

你點點頭，有如完美的女婿。

「要不要喝點茶？」她問，喜愛地看著你，此時她無法克制地一陣猛咳。

「不用了，謝謝妳。」你說著，等她平息。「我不會打擾太久。路德維克跟我說妳的身體最近不太好，我設法替妳約了醫生看診，明天十點。」你把卡片遞給她。

她看著卡片，瞇起眼睛，然後伸手去拿眼鏡。「但是亞努許先生，這是私人醫師。」她嘀咕，一臉憂慮。「我想我沒辦法——」

「他不會收診療費的。」你說：「別擔心。」

她非常認真地端詳了你好一陣子。「亞努許先生，我怎麼能接受這個。」

「這沒什麼，就是還個人情。」你看了我一下。

柯雷契卡太太不禁眉開眼笑。「不知怎樣謝謝你才好，請務必留下來吃個午飯。」

「謝謝妳，但我得走了，而且妳需要休息。改天吧，等妳感覺舒服一點。」

你起身跟她握手，然後跟我一起走到走廊。

我想要謝謝你，卻做不到。

「我很擔心你。」你說：「你昨天似乎很難過，我昨天去了游泳池等你，而且示威活動愈來愈擴大……你有在聽嗎？」

「我沒事。」我說，設法維持平靜的表情，同時見到你神情放鬆了。

你從網袋抽出一包東西給我，體積很大，拿起來沉甸甸的。「雞肉。」你說：「這樣你就可以燉湯給她喝了。」

你屈膝穿回鞋子。

「你怎麼弄到這些東西的？」

你站起來，臉就在我面前。「我跟你說過，總有辦法的。」

「怎麼會有？」

「有個門路。我再跟你說。好好照顧柯雷契卡太太，有時間就過來找我。」你飛快吻了我，避人耳目，然後就溜了出去，你的腳步聲迴蕩在樓梯間。

我帶柯雷契卡太太去看醫生，我已經把我撒傳單那晚的一身衣物塞到床底下，這次出門，我戴上了柯雷契卡太太編織的綠色帽子。我們抵達醫師那裡，這是城南一處安靜的小巧診所，當我們坐在空無一人的候診室皮沙發時，柯雷契卡太太敬畏地保持靜默，而我翻閱當天的《人民論壇報》，生怕看到上面刊登了我的假想畫，但報上甚至沒有提到罷工，什麼都沒有，彷彿那個夜晚從未發生。

醫師異常謹慎地檢查了柯雷契卡太太的症狀，然後從辦公桌後方玻璃櫃拿出一瓶法國抗生素給她。在回家的路上，我們經過一排警察，我屏住呼吸，但他們甚至連看都沒看我一眼。

那個星期我沒有離開公寓。我的腦海裡劇烈翻騰著風暴，在外面，秋雨開始落下，連下了好幾天。雨水敲打著屋頂，擊打著街道。雷聲大作，彷彿祖先的怒火，就好像城市遭到攻擊，城市和街道可能開始倒塌消散，生命流入維斯瓦河，出海進入冰冷的海洋深處。

我坐在窗邊注視一切，無法讓自己再次收聽那個秘密頻道。每當我想起它，想起那一晚，想起當我站在那窄櫃中而開啟的恐懼深淵時，整個人就陷入深深的厭倦感。我內心有東西關閉了。收音機依舊安靜無聲。

我轉而照顧柯雷契卡太太，見到她隨著醫師給的藥物一點一點康復，我的靈魂移除了一個重擔。她的身體仍舊虛弱，但是咳嗽的持續時間變短，也變得輕微。我會為她泡茶，坐在她身邊聽她說話。她告訴我以前和丈夫的旅行，到突尼西亞和阿爾及利亞的出差旅程。她拿照片給我看，裡面像是乾燥沙漠的景觀，有著棕櫚樹、橘褐色土壤和手工搭建的低矮方形屋。她在畫面裡，年輕版本的她穿著長及腳踝的花朵裙子，戴著草帽，驕傲地看著鏡頭。她的丈夫高大結實，頭上戴著白色的大帽子，那張國字臉心滿意足地站在她身邊。她說那裡的一切都不一樣，然後自顧自笑了起來。她告訴我，他們是怎樣用右手吃飯，而左手用來清潔自己。

「那些阿拉伯人跟我們非常不一樣，但是很親切。」這裡也有他們的照片，高大黝黑的男子穿著白袍和涼鞋，留著漂亮的鬍子。她給我看了他們帶回來的岩石，玄武岩、水晶、花崗岩和閃爍的礦石。她把它們當作世界上最棒的珍寶，捧到我面前，然後說起她的亡夫，說她多麼想念他，此時，她的小眼睛像寶石般閃閃發光。

「你需要緊緊把握你所擁有的。」她低喃，比較像是說給自己聽，而不是對我說。她青筋明顯的雙手捧著茶杯。「你永遠不知道什麼時候會失去你最珍視的東西。」

我點點頭，摟她入懷。她聞起來有樟腦丸及舒適的感覺，像是家的味道。我想起了你。

雨終於停了，世界經過沖刷，這座城市仍舊屹立不搖。沒多久，我收到梅爾維茲教授的便箋，要我下星期去他的辦公室。我帶著廚房的一把大剪刀進浴室，開始剪頭髮。一縷縷髮絲飄落在洗手槽和地板上，輕飄飄的，像羽毛一樣，也像是從我手中散落的傳單。頭感覺輕爽起來。我看著自己的臉龐，對著自己微笑，剪齊一切。我看起來不錯，我心想，剪過頭髮，煥然一新。外頭的空氣聞起來已然不同，更加新鮮，更加犀利——夏天已經離開了。秋風吹拂我的頭，感覺起來像是我新的皮膚。在院子遛狗的各個女士已套上大衣，她們的大衣沒扣釦子，狗繩繫在出現皺紋的柔軟手腕上，彼此互相閒聊。街道上的坑洞填成了水坑，市場攤位上的鮮花和莓果已失去蹤影，取而代之的是蘑菇。

我搭上電車，心中隨著它騷動不安。我看到普拉加那一岸已是一片奔放的深綠和緋紅。我來到你的街道，你的家，跑上樓梯來到你的家門。你打開門，我們懷抱彼此，我的臉埋在你的頸窩，你溫暖的氣息在我耳裡有如溫柔的呢喃。你的手撫摸我新剪的頭髮。

「她好多了嗎？」你耳語。

我點點頭，更加緊緊擁抱你。「謝謝你。」我在你的頸間說著。我可以感覺到你貼著我的臉頰微笑。我原本打算再次問你是怎麼辦到的，關於醫師、雞肉，我來之前就已想好問題——以及哈妮雅，尤其是關於她的事。但我沒辦法讓自己問出口，我太高興能見到你，太過於放心，太過於疲倦而無法掙扎。我任由自己跌落你的床上。褪去衣服的時候，冰冷的空氣讓我們起了雞皮疙瘩，然後在你的被子底下找到了溫暖。我們測試彼此的體力，跟急切的欲望角力，召喚高熱。我們的身體彷彿燧石，你有我，我有你。但它和其他時候不一樣，和剛開始的時候不一樣。就好像我們在清算宿怨，扯平事情；就好像我們需要這樣，需要這種語言，這種密碼，才能知道身在何處，知道我們是誰，以及我們兩人依舊堅持著。

之後，你起身去打開收音機，蹲坐著調整音量鈕。你拱著背，線條分明，臀部坐在腳跟上。我察覺到你曬黑的膚色已經褪去，我的也是。你終於找到電臺，是鋼琴協奏曲，可能是莫札特吧。你點了一根菸，回到床邊，煙霧慢慢浮起，撫過空氣。我出現失重感，再次感覺自己像是那天拋入空中的傳單。我閉上眼睛。

「或許你說得對。」我說，感覺到你在我身邊躺下。

「關於什麼？」你吐了一口煙，它混入了我們上方的空氣中。

「關於需要保持冷靜並找尋其他辦法，我真傻。」

這樣說的感覺真好，就把良心當成外套一樣脫下。要是這樣的輕快感能夠持續下去就好了，就像再抽一口菸，再呼出一口煙。鋼琴持續不斷地歡快彈奏，而我一直閉著眼睛。

「你以前會怕。」你低語：「但現在你知道用不著如此。」你的嘴巴覆住我的，煙霧從你嘴裡流向我，深入我的肺部，充滿我，讓我一度感覺自己就要爆炸。

那個星期六我跟你約在瓦基津公園碰面，這是我在華沙最喜歡的公園，也是我小時候和媽媽、外婆來這城市時，唯一記得的地方。我們在湖上乘船，餵食天鵝和松鼠，看到其他完整的家庭——爸爸、媽媽和小孩。我們參觀了湖島上的白色宮殿，這座宮殿曾是國王休閒花園的一部分，現在作為良好勞工及其家人的消遣。當我們爬上一個緩坡，準備離開時，我們見到有人在小小茅草屋頂底下堆乾草。「這是給誰的呢？」媽媽問他。她那一天是那麼優雅；我還記得她戴的苔綠色帽子，以及相配的手套。「鹿。」他說，然後繼續工作。對我來說，這非常不可思議，居然有鹿住在公園裡，隱而不見。

那個星期六晚上，當天色已經變暗，公園各道門都上鎖時，我想像著這些鹿無拘無束奔跑在園裡，經過無人照料的草地，上下山坡，漫步樹木林立的步道，鹿蹄噠噠走在石子路，驚擾睡夢中的天鵝。受到保護又沒有限制，這樣生活是多麼自由呀！

你在街燈燈光下等我，一身燈芯絨棕色短外套，頭髮梳向一旁，就像撒傳單那天你一身西裝在街道上攔住我的髮型一樣。就像那天，你看起來彷彿是另一個人，這讓我既害怕又興奮。

「非常時尚。」我說，彈舌隱藏不自在的感覺。

你微笑。「你看起來也很棒。」

我穿著我唯一的短外套、白襯衫和好鞋子。「你確定我這樣去她的派對不會很奇怪？」

你笑了笑，把手放在我的頸背。「那裡會有很多人，你會融入其中。」

我們走在公園旁的大道上，經過有貝雷帽軍人巡邏的高聳政府機構。只有一些窗戶透出燈光，其他則是漆黑沒有動靜。你帶著我走進旁邊的小街，兩旁淨是每層都有大型陽臺的戰前建築。在我們前方，穿著皮草大衣和高跟鞋的一名女子牽著臘腸狗散步，身上的大衣就跟她的寵物一樣閃亮，一根香菸在她戴著手套的指間慵懶燃煙。我們在一道大型柵欄門前停下腳步。

你按下對講機按鈕，一個沙啞的男子聲音從機身網格傳出，詢問來人身分。你報上名字，接著一聲蜂鳴聲，你用全身重量推開這道巨大的門。

我從未來過這樣的房子。這是一棟華麗的kamienica，即一種戰前的公寓建築，只有少數倖免於戰火。大門玄關拱形挑高，天花板滿是灰泥浮雕花飾。一張地毯通往另一道門，露出一道鐵欄杆的古老彎梯。你按了電梯，我們進入後，在這安靜的方型小空間失重地上升。在單一電燈泡的照明下，我們在鏡中檢視自己。我們看起來一本正經，奇妙地顯得儀表堂堂，比我所見過的我們更為成熟。電梯停了下來，我們走出去，你按下一道雙扇大門旁的電鈴。門後傳來悶沉的音樂和說話聲。腳步聲接近，門開了，一個魁梧的身影出現。

「亞努許！」他張開雙臂，你們抱了抱，親吻彼此的臉頰。我過了一會兒才了解到，他就是你的那個朋友，馬西奧・卡洛斯基，我曾在營隊見過你們在一起。他穿著天鵝絨短外套和搭配大領結的襯衫，流露我以前注意到過的同樣自信冷漠。我們握了手，他差一點壓扁我的手。

「真高興認識你。」他說。他的手溫暖有力，這短短的關注讓我奇妙地感受到了魅力。

我們跟著他穿過牆上有木嵌板的走廊，進入一個煙霧彌漫、擠滿人的大型房間。音樂響徹整個地方，熱烈而響亮，搖滾催眠。情侶在房間中央跳舞，或是癱躺在白色的尼泊爾地毯上。唯一的燈光來自立燈，一盞在大型電視機旁，另一盞在兩盆棕櫚樹盆栽後方。馬西奧帶我們到房間盡頭，這裡的宏偉凸窗眺望著公園裡看似無邊無際的黑暗樹梢。

「請自便。」他指著擺滿一盤盤食物和酒水的桌子說道：「我得去看看某人。」他對我們使了眼神就消失在人群中。

這裡有伏特加、威士忌、琴酒、香艾酒，以及我從未見過的酒類；一盤盤色彩鮮豔的肉凍、鳳梨乾、起司塊，我想要嘗試每一樣東西。我吃了葡萄，喝了一些威士忌，感受酒精流過全身，有種接地氣、美好和卸下負擔的感覺。音樂和人們的笑聲在我腦海融為一體，把我收進它的網中。在房間昏暗的光線下，我認不出任何人，每個身影似乎都一樣重要迷人：女孩穿著洋裝和木屐鞋，梳高了頭髮；男孩則是高腰藍色牛仔褲、緊身襯衫和短外套。

「這地方真不像在人間呀！」我對著你的耳朵大喊，蓋過音樂聲，你點點頭，嘴巴做出「我懂」的口型。

我們又喝了一杯，正準備隨著音樂擺動時，一隻手臂從後面環過我的腰，只見橘色指甲和懸晃的手鐲。

「帥哥，你這髮型讓我差一點認不出你來。」一張嘴巴附在我耳際說道。是凱洛琳娜。嘴唇是石榴紅的顏色，眼睫毛刷了睫毛膏，顯得濃密明顯，彷彿凝固的蜘蛛腳。

「妳在這裡做什麼？」我摟她過來，見到一個熟面孔讓我鬆了一口氣。

「我發誓，我有接到邀請！」她大喊，隨後捧住我的頭，親吻我的嘴巴。我感覺到她的唇膏蹭掉了，呼吸有汽油味。

她大笑，像淑女一樣向你伸出手。「我想我們還沒有正式見過。」

你配合她的遊戲，殷勤吻了她伸出的手。

我扶著她的腰。「妳喝醉了嗎？」

「身為水手，不喝醉就太蠢了。」她舉起酒杯，踩著高跟鞋搖擺。

此時，音樂停了。唱片已經放完了；在群眾突然毫無掩飾的說話聲當中，可以聽見揚聲器低沉的嗶剝聲。我們面面相覷，困惑中帶著期待。穿著綠色喇叭褲的瘦長男孩在唱盤上放了新唱片，頓時，一連串輕快節奏讓場上做好準備，吸引了大家的注意力，我們開始入迷，單純而專一。不知不覺間，美國龐克搖滾樂團「金髮美女」賽蓮海妖般的歌聲充滿整個房間，讓我們情緒激動。我們不知道歌詞，一個字也不知道，卻理解〈玻璃心〉的一切——它的歡欣鼓舞、頹廢，以及自我放縱的快樂。我們擠過群眾來到房間中央，在這裡融入她的歌聲，融入曲調的高昂飛翔，融入起伏的旋律，融入節奏主題。節奏主題貫穿整首歌，懇求大家跟從。我們的頭隨著唱片旋轉，身體成了歌曲的樂器和歌曲的延伸，我們圍成一個三角形，像是著魔般從一邊搖擺到另一邊。這首歌結束後，另一首接著播放，同樣好聽，同樣是朗朗上口和誘人的曲調，我們放任自己沉溺音樂當中。這就好像有人把我們所有人帶走，放到世界巔峰的平臺上。我們舞動到汗流浹背，額頭冒汗，再也喘不過氣來。

後來，我們三人休息了一下，重新添滿酒杯，在眺望公園一片廣闊漆黑的大面窗邊抽菸。窗戶因為大家的熱氣起了霧，有人開窗讓晚間涼風吹進來。我就在這時候看見她，她在房間的另一頭，和戴著深色墨鏡的金髮男孩說話。她穿著長長的亮片裙，頭髮蓬鬆鬈曲，幾乎往上豎起。她是個幽靈。然後她的目光落在你身上，穿過房間走來。

「真高興你能來！」她環住你的頸項，彷彿一直在等候這個，她濃烈的花香系香水包裹著我們所有人。她的藍色眼影閃亮得像大衛．鮑伊在專輯《Z字星塵》（*Ziggy Stardust*）的造型。她的視線移向我。「我剛才一直在看你。」她像在宣布判決般緩緩說道：「跳得**太棒了**，而且這髮型很適合你。」她瞥了一眼凱洛琳娜。「這一定是你的女朋友。」

凱洛琳娜張著嘴大笑。「不，只是朋友。」她大叫，然後瞄了我一眼，板起臉說：「只是朋友。」

哈妮雅禮貌地微笑，目光看著你，然後又回到凱洛琳娜身上。「嗯，或許我們可以在這裡替妳找一位，這裡有很多男孩。亞努許，我們去跳舞吧？」

你點點頭，任由她的手滑過你的手臂。

「待會見。」她呢喃，然後你們就離開了。

我跟凱洛琳娜又替自己倒了一杯酒，現在已經快要徹底喝醉。我們倒在角落一張柔軟的大沙發上，從這裡可以看到全場。威士忌依舊好喝帶勁，它帶來的暖意從胃部直達頭部。

「小伙子，真高興你在這裡。」凱洛琳娜說，兩隻腳相疊，幾乎整個躺在沙發上。

「我也是。」我口齒不清說：「對了，是誰邀請妳來的？」

她大笑。「就跟你說了吧，是馬西奧邀請我的。」她指著另一頭，他正貼著一名迷你裙金髮女孩跳舞。

我從一旁端詳凱洛琳娜，她的輪廓在白色沙發襯托下清晰分明，看起來很疲憊。我第一次意識到，我們都在變老，不會永遠年輕。

「但妳怎麼會認識他的？」我問。

她聳聳肩，看著地板。「我們可能有也可能沒有在約炮吧。」她輕聲說道，慚愧地笑了笑。

「*怎麼回事？*」

「從營隊回來的巴士上，他過來坐在我身邊。」她聳聳肩說：「他知道怎麼跟女生聊天。」

「我以為他不是妳喜歡的類型。」我震驚地說。

「的確不是，但我寂寞。無論如何——這就是以他為代價，我們所享受到的樂趣。」我們互碰杯子，又深深喝了一口撫慰人心的酒。

「但我以為這是哈妮雅的派對。」我說。

「天哪。」凱洛琳娜嘆氣，翻了白眼。「他什麼都沒跟你說嗎？馬西奧和哈妮雅是兄妹。」

不知為何，我大吃一驚。「我想，這很有道理。」

「是呀，的確是。」她看著馬西奧，現在他吻著那名金髮女孩。「同樣予取予求的感覺，你看到她怎麼從我們身邊拖走亞努許了嗎？」

我聳聳肩，努力不讓自己多想。「他們是朋友，她為什麼不能跟他跳舞呢？」

現在音樂換成了慢歌，深沉醇厚的嗓音唱著英文，悲嘆前塵往事。一對對跳舞的情侶轉身，在自己的軌道上，在自己的行星路徑上擺動身體。我在擠滿人群的舞池看不到你，好希望在那裡的可以是我們。

「那你好嗎？」凱洛琳娜問，看到我的視線在找尋你。

我聳聳肩，感覺又開始頭暈。「算是不錯吧，我下星期要去見梅爾維茲教授，我想他看完我的計畫書了。」

「然後呢？」

「我不知道……他是還沒說什麼。不過，我很享受寫這份計畫書，比我原本以為的還喜歡。我很願意做這件事。」

「要是這行不通呢？」她一時之間有點憂慮，而我在想這份關切有多真實，其中隱藏了多少痛苦，多少關於她自身狀況的痛苦。

「知道嗎？我不知怎地認為情況會好轉。」

「哇，你最近變得非常樂觀呀。」她略帶諷刺地回答。

在我們眼前，一對對舞動的人群開始移動，像窗簾一樣往兩邊退去——你們現身。你和哈妮雅。交纏在你們秘密的星座裡，她眼眸合起，臉頰倚著你的肩頭，你的手指環繞在她閃爍亮片的腰際……

我無法正確思考，大腦就像出錯的線路。但我的身體自行做出了反應，內在已全成了化石。

「看來他們處得很好。」凱洛琳娜陰沉看著你。你和哈妮雅隨著歌聲搖擺。

「我不認為她是他的類型。」我緊緊依仗自己的話。

「路茲歐，在這棟房子裡，你是所有人的類型。」她說，目光仍盯著你和哈妮雅不放，幾乎像是隨口一說。然後，其他成雙成對的人開始繞著舞動，再次把你們隱藏在我們的視線之外。她的話仍迴蕩在空氣中，沉沉的，像濃霧般不願散去。

「妳太誇張了。」我說：「妳什麼時候變得這麼該死地務實？」

她大笑，像是在安撫我。「不是我，路茲歐，而是其他所有人都是如此。」她的中指指尖劃過手中酒杯的邊緣，然後環顧全場，微弱的燈光和棕櫚樹使這裡顯得昏暗神秘。她的眼眸閃動。「這裡好漂亮，蘇格蘭威士忌也不用排隊。」她拿起酒杯叮地碰了我的杯子，又深深喝了一口。

「妳喝醉了。」我說，感覺嘴裡的酒變得苦澀。音樂繼續播放，情侶無憂無慮地跳舞。「我得去洗手間。」我蹣跚起身。有人跟我指了長廊盡頭的一扇門，我溜了進去。我頭暈目眩，我走到水槽，往臉上潑水。唯一的燈光來自排列在大面鏡周圍的銀色燈泡，就像好萊塢電影裡的閨房一樣。它讓我看起來疲憊，有點顯老，就像稍早的凱洛琳娜一樣。我的目光落在角落一個大型的方型機器，我相信這是我生平第一次親眼見到洗衣機。它在房間的光線下閃閃發光，堅固可靠，小小的圓門就像太空船的出入口。我想到外婆，她跪在一個金屬面盆前，拿起水壺澆上滾水，浸泡每一件襯衫、每一隻襪子和每一條手帕到水裡，窮究一生，疼痛的雙手拿著棕色肥皂不斷搓揉、刷洗，手指火辣辣地刺痛。

等我回到舞廳時，凱洛琳娜已經不在了。我坐在沙發上，旁邊是一對熱吻的情侶，我看著舞池上的人們，愈來愈陷入一種疏離感。正當我不懂自己在這裡做什麼，決心離開的時候，歌曲播放到一半突然停了，燈光熄滅。大家困惑地停下了動作，然後走廊出現一圈光暈，一群深沉的聲音唱著：「Sto lat，sto lat……」[12]我站起來眺望。你和馬西奧出現在門口，還有一個體積大到必須你們兩人合力拿

12 波蘭的傳統歌曲，祝福身體健康，長命百歲，常作為生日祝賀的歌曲。

在中間的大蛋糕。一圈蠟燭在蛋糕中央燃燒，瞬間全場都加入了歌聲：「Sto lat，sto lat。」他們高唱。「一百年，一百年，願你和我們同在一百年。」就連我都跟著合唱，被這股氣勢捲了進來。蛋糕慢慢穿過群眾，朝向站在房間中央，露出開心笑容的哈妮雅。你和馬西奧正好在歌曲結束時走到她身邊，全場響起熱烈的喝采和祝賀，男孩把手指放在嘴巴猛吹口哨。哈妮雅俯向蛋糕，在漆黑的場上，蠟燭是唯一的光線來源，它們從下方照亮了她的臉。她深深吸了一口氣，吹熄小小火焰。她眼眸半閉，上妝的臉蛋用力緊繃，我告訴自己，她看起來像巫婆，但很難信以為真，我沒辦法讓自己討厭她。鼓掌聲震耳欲聾。哈妮雅親吻了馬西奧的臉頰，接著兩手攀住你的頸子。有人大喊乾杯，全場因此都高舉杯子。然後，昏暗的燈光重新亮起，音樂再次流瀉。我坐下來，喝完酒，決心離開。就在此時，我見到你穿過人群走向我，兩手各端了一塊蛋糕。你對著我微笑，我卻無法回以笑容。你在我身邊坐下，給了我一塊蛋糕。

「你還好嗎？你看起來有點……事。」

「我沒事。」我違心說道。蛋糕是巧克力奶油千層，透過薄如聖經紙的輕薄餐巾紙，我可以感覺得到它意外地厚實溼潤。

「吃吧。」你說，咬了手中的蛋糕。「很好吃。」

「我不喜歡。」

你用手背擦擦嘴巴，審視我的臉。

「怎麼了？」

我一時什麼話也不說，決心用沉默懲罰你。但後來，卻變得必須明確表態，所有言語一股腦兒湧向我，像氣球那樣升高成形。

「**她**就是你的門路，是嗎？」我說。

讓我驚訝的是，你仍一副輕鬆自在，毫不在乎的模樣。

你又吃了一口蛋糕。「**那**就是你的問題嗎？」你滿口蛋糕說著，這讓我厭惡。而此時我意識到，你對我的影響力是如此輕易地遠超過於肉體。你吞嚥下去，看著我。「對，就是她，那又怎樣？」

「**又怎麼樣？**」我細細看著你，打起精神繼續說下去，努力不要偏離我已選定的對峙道路。「亞努許，她顯然是愛上你了，而你在誤導她。」

「小聲一點好嗎？」你的語調有種急迫感，一臉惱怒把吃了一半的蛋糕放回餐巾紙。「別這麼戲劇化，我們不是玩得很開心嗎？享受就好。路德維克，好好享受吧。」

「享受？」我驚愕困惑，搜尋你的表情，想要找到能夠賦予這一切意義的解釋。「你認為看著你們兩人像戀人一樣共舞，我會很開心？」

你迅速掃視了一下全場，然後靠向我，嘴巴附在我的耳邊。

「我說過，我會為我們處理好一切事情，你不信任我嗎？」

我離開你的身邊，離開你說的話。「你認為這樣是在幫忙我？用不著這樣的幫助，我也可以。」我準備起身，但你攔住我。

「哦，是嗎？你寧可讓柯雷契卡太太咳到死嗎？」你挑釁地看著我。「大家都在誤導別人。」你繼續說著，瞇起了眼睛。「你不就是這麼說的嗎？說這國家治理不善，一切都不公平？那麼把事情掌控在自己手中不讓自己垮下，又有什麼錯呢？啊？」

我手中原封不動的蛋糕滲透了餐巾紙，變得黏稠沉重。我看著你，看著先前這張熟悉的臉龐，你的臉似乎在我眼前變了樣。你的眼睛唇邊有著我從未見過的緊繃感。在舞池裡，哈妮雅在那位戴墨鏡的金髮男孩懷裡輕輕搖擺，神情平和，而男孩面無表情，只有嘴巴不時咧嘴笑笑，露出了潔白的牙齒。

「一定還有其他辦法。」我輕聲說道。

你一臉厭倦。「哦，是嗎？什麼辦法？告訴我。」

「我不知道，比如說，離開？」

「你是說**逃走**？」你懇求地看著我。「相信我，我不會承諾她任何事，我不會傷害她的。」

「是還沒有。」

「我可以應付的。」你堅稱：「這沒什麼不好，而且這件事也需要去做。」

「**為什麼**？你說啊。我們不再需要謀求他們什麼，柯雷契卡太太已經康復，我們現在很好。」

你神情再次轉變，顯得強硬。「你還是不了解，是吧？我們很快就會有其他需要，生活中充滿這樣的時刻，到時我們怎麼應對？」

我努力整理思緒，想要抵抗，卻一無所獲。

「看不到我們國家未來的人是你。」你說，語氣緩和。「它就在**這裡**。」

我順著你的目光，看著這華麗的房間。在跳舞的人群中，我看到了凱洛琳娜，她摟著我從未見過的一名男孩，手指間垂著一根點燃的香菸。

「你會認識他們的。」我的沉默鼓舞了你，你繼續說道：「你會了解的。我跟哈妮雅說過你博士學位的事，她似乎很欽佩。我們星期三要去莫札卡餐廳吃晚飯，她說你應該一起來。」

我再次保持沉默。這一夜已經過去好久，在這間華麗房間的大面窗外面，黑暗開始讓道給另一個早晨。

第6章

生日派對過後的那個星期三，我去找教授。我比我想像的還要緊張，走到新世界大街上時，思緒陷入不利的迴圈。空氣感覺稀薄。我抵達辦公室，敲了敲門，裡面傳來輕聲的「請進」。我強顏露出自信的笑容，而教授對我疲憊地點點頭。

「請坐。」他說，聲音出奇地缺乏生氣。他的臉龐似乎比幾星期前來得灰暗，彷彿從我上次見到他以來，他突然老了。我們之間的沉默讓人沉重，而這似乎也整個壓在我的胸口。

「葛洛瓦基，委員會很喜歡你的計畫書。」他以一種奇特的正式語氣，終於開口說道，我遲疑地看著他。「事實上，他們比他們願意承認的還喜歡，你的文筆很好，想法也值得探索。你知道的。」

我不知道是不是輪到我說話了，但一個悲痛的笑容卻扭曲了他的臉龐。

「只是，如你可能想像得到的，還有其他影響力在運作。」

我的肚子整個糾結，我看著教授，努力看懂他的表情。我感覺到完全無能為力。

「還有其他候選人。」他疲憊地繼續說：「他們的計畫書不像你的那麼好，但是……」他拿掉眼鏡，揉揉眼睛。「其中一些人有門路。」

教授再次沉默，再次瞥了我一眼，彷彿希望我能讓他解脫，結束這苦差事。

我的心成了自由落體。

「還沒有最後的定論，但如果事態像現在這樣發展下去，看起來對你不利，我需要你知道這一點。」他發出一聲嘆息，看著他的書桌、文件，然後視線回到我身上。

「那麼你為什麼要找我過來？你想要我做什麼？」我的聲音不大，卻很憤怒，超乎我的預期。

教授溫和地看著我，像是料到我會生氣。

「我知道這必定讓你很失望。」

這讓我感覺更加絕望。

他把雙手放在面前的文件上，越過書桌湊向我，我因此看到了他鬍子上的那一撮灰白，也比以往都更加近距離看到他親切的圓臉。

「我知道你沒有入黨。」他說，聲音比耳語大不了多少。「但反正就算你願意加入，現在也來不及了。」他垂下眼簾，或許是對即將做出的提議感到難堪。「但也許你認識什麼人，路德維克，某個你忘記提及的人，可以產生決定性的作用支持你？」

他對我的凝視，突然很像是派對那晚你的眼神：充滿期盼，太多的期盼。我靜靜坐著，陷入沉默。

最後，他終於點點頭，明顯有些尷尬。「思考一下，或許你會想到什麼人。錯過這機會對你就太可惜了。」

這幾乎像是如果我不承認這一刻，它就不會是真的。我繼續保持沉默。

教授站起來，試著微笑。「盡快告訴我，好嗎？」

我勉力站了起來，朝著空中點點頭。我們握了手，我的手軟弱無力，他的手則是大多了。沒多久我就站在走廊上，陌生人從四面八方而來，匆匆經過我身邊。新學年已經開始，新生走在校園中，他們昂首闊步，彷彿擁有這地方，彷彿在他們之前這裡從未有過其他學生。我離開學校，蹣跚穿過街道，感覺風兒咬著我的手指和脖子，啃嚙我的頭顱。

那天很冷，可能是那個季節第一個真正寒冷的日子。我毫無準備，既沒有圍巾，也沒有手套和帽子。我低估了天氣，樹木已開始落葉。我在街上遊晃，幾乎不知道自己走了哪條路。我只是一直走著，讓一隻腳放在另一隻前面，感覺這動作帶來的模糊保護，這個節奏讓我鎮靜下來，但不足以讓我忘記再過幾星期，我的補助就沒了。突然間，我對未來已沒有遠見，只剩下可怕的空虛。我太天真，甚至是愚蠢。此時我看出來了。不過，只要我一直走著，就用不著思考，用不著長久面對任何事。

回過神來時，我已來到馬薩科斯卡大街，而你站在那裡，跟一個戴墨鏡的傢伙說話，就是和哈妮雅在派對共舞的那個人。他自我介紹說他是拉法爾，牽動嘴角笑了笑，向我伸出手。看不到他的眼睛讓人很緊張。我們對視，就你跟我，但什麼都不能說。

太陽已經變弱，逐漸西下；溫度愈來愈冷，但我再也感受不到。從我們站的地方，從華沙這條最直最長的街道，可以一路看到憲法廣場及其巨大的史達林式建築、肌肉結實的工人和健壯母親的人像雕刻，甚至更遠可以見到受損的至聖救世主教堂，再到後面哈妮雅和馬西奧居住的小小廣場。時間才下午四點，但夜色已開始包圍我們。我們站在莫札卡餐廳的霓虹招牌底下等待，這是一個手寫的大型紅字「Mozaika」，像是一個更好更現代的燈塔，可能會照亮我們的生活。我們跟拉法爾說話，但我心不在焉，完全記不得說過的任何話。我什麼也記不得，直到一輛黑色的 Vespa 機車停在我們的正前方。哈妮雅穿著機車夾克和高筒靴，頭髮並未綁起，馬西奧則是穿著厚厚的奶油色滑雪式套頭毛衣，看起來都像新衣服，有外國風格。我敬畏地盯著他們，彷彿兩人是來自費里尼電影的演員。我們親吻臉頰，握了握手。他們像是真的很高興見到我，奉承恭維的刺痛暖意已經開始安撫我的情緒。我們走進餐廳，裡面溫暖柔和，天花板低矮的空間中鋪著紅地毯，穿制服的工作人員打著黑領帶，而且那些巨大的棕櫚樹盆栽又出現了，每一片葉子都大到可以包裹一個嬰兒，它們懶洋洋地伸向房間，完全沒有意識到自身的壯麗宏偉。這裡的人是我們不會看到在街上行走的類型，所以大可以認為他們其實並不存在：女人留著大波浪鬈髮，頸上有沉重的晶亮項鍊和狐狸毛領；男人一身剪裁合適的西裝，乾淨嚴肅的臉龐，手中的美國香菸比在外面世界更加緩慢、更加珍貴地舞動煙霧。

我們在染色玻璃窗邊的雅座區，坐進兩張面對面的皮製軟墊長椅，開始抽菸、喝伏特加，直到周遭煙霧繚繞。女服務生為每個人送上酸奶鯡魚、烏克蘭牛肉羅宋湯，隨後還有一條大紅鯛。我感覺自己像是另一個人，處於另一個城市，過著無憂無慮的上等生活。我很驚訝自己是多麼容易就把一切拋在一旁，包括和教授的會面。伏特加提供了助力。用不著提醒，女服務生就一直過來替我們添酒。你坐在我旁邊，哈妮雅笑盈盈地坐在對面，馬西奧說著一個又一個軼事，大部分是關於他嘗試勾引的女孩子，而你慫恿逗弄，讓他透露更多，就好像你和他一樣。我從未看過你這個樣子，也訝異地發現我喜歡。某種程度上，我告訴自己，這不是真的你。當我看到哈妮雅盯著你，兩眼圓睜，哈哈大笑時，我感覺不到妒意。

「所以你就是這幾星期讓我們一直見不到我們的亞努許的原因。」她途中這麼說道，對我使了眼色。「我當時都開始擔心有女孩把他從我們身邊偷走了，結果他其實是在你甜蜜的陪伴下。」

你呻吟。「哈妮雅，妳一定要跟我每個朋友調情嗎？」

馬西奧和拉法爾大笑。我不由自主臉紅了。哈妮雅對你翻了白眼，串通似地看著我。

「營隊期間，我怎麼從來沒看過妳上農田？」我問，試著改變氣氛。

「好問題！」馬西奧大喊。「親愛的妹妹？為什麼陛下您整個夏天都沒有抬起任何手指，也沒有拔任何甜菜根呢？」

現在換哈妮雅臉紅了。「別再逗我了，各位。」她說，然後佯裝生氣，一口喝光小酒杯裡的伏特加，再重重放到桌上，砰的一聲使得附近食客都抬起了頭。「我有著一雙精緻的玉手。」她輕呼，我們全都笑了。

甜點送來，是巧克力醬冰淇淋，上方加了高得誇張的生奶油，盛在形似喇叭花的玻璃高杯。好美味，我感覺又成了孩子，這一次是願望總能實現的快樂孩子。窗戶的另一面，夜色已經降臨，深色的人影帶著沮喪的神情和空空的袋子行經街道，我猜他們的肚子也是空空如也吧。但我們沒看到他們，待在玻璃這一頭好多了，溫暖多了，也柔和多了。

我們待到很晚，直到其他客人幾乎都走了。帳單送過來，它放在一個小銀盤裡，大家都掏著錢包——或就我來說是假裝如此——但馬西奧揮揮手說不用了。

「我們請客。」他打了響指說道。他走到吧檯，女服務生站在那裡，後方是一整面牆的進口酒。在他簽帳並留下小費給她時，她畢恭畢敬地對他微笑。

我們站在外面冷冽的空氣中，抽著馬西奧的萬寶路，我從未抽過如此滑順的香菸。哈妮雅以她貓咪般的觀察風格，看著我們大家，然後問我們這週末要不要去他們的鄉間別墅。

「我們可以擺脫城市，開個小派對。」她的眼睛滿足地瞇了起來，漂亮的嘴巴彎彎一笑。

我們全都同意，便互相親吻說再見。我們目送他們騎著 Vespa 呼嘯離去，拉法爾接著招了一輛計程車走了。

此時，空曠的大街上就只剩下我跟你。我們往市郊走去，我探向你原來的自我，等著我們的面具在冰冷的夜晚裡逐漸消失。

「我真高興你來了。」你以一種充滿愛意、近乎孩子氣的微醺態度說道。「是不是很棒？我是怎麼跟你說的啊？」

我點點頭。「**的確**很棒。」

我們繼續走著，人行道上空無一人。這時已經很晚了，我聽著我們的腳步聲，它們幾乎一致，而一件更為嚴肅、更為重要，卻被我整晚都置之不理的事浮現在腦海。我跟你說了我跟教授會面的事，我輕輕說著，恥於我的無能為力。我不敢問你任何意見，只是敘述。你專心聽著。

我們來到波茲納斯卡街，它有著鵝卵石路面、高大的戰前公寓建築

kamienica，以及一排排的阻街女郎。有老有少，大部分都穿著長外套，裡面是迷你裙或緊身洋裝。她們的肉體兇猛地撐開布料，幾乎就要撐破的樣子。在我說話的時候，她們以響亮粗俗的口音招徠我們，我們看也沒看便繼續往前走。

「親愛的，我給你特價。」其中一人大喊，她帶著短促的西利西亞口音。「看在你這麼漂亮的臉蛋上，帶著你朋友一起來啊。」

其他女人咯咯笑著，像是黑暗中的鬣狗。我不敢看你，我看不出這個時刻有什麼好笑。我們走到街道盡頭，文化宮矗立在眼前，高大陰暗，感覺不祥。火車站就在旁邊，亮著燈光，但似乎空無一人。

你停下腳步，露出安慰的笑容看著我。「別擔心，這很簡單。你這週末去她家時，可以問問哈妮雅。」

機會閃現在我面前，經過那一晚，那家餐廳，似乎一切都有可能。

「你確定？」

你點點頭。「她喜歡你，而且我確信她可以幫你牽線。可知道她和馬西奧總是事前拿到所有學期考試的題目，這就是我從來不需要去聽課的原因。而且在營隊時，他們也都沒有動半根手指。」

我看著自己的鞋子，思緒紛沓。「跟哈妮雅相處不會很詭異嗎？她一直挑逗你？」

你笑了，輕輕搖了搖頭。「你今晚見到她了吧？她沒那麼急不可待，況且，她很容易愛上人。她現在可能看上你嘍。」你又笑了。

「那好吧。」我說，仍覺得焦慮。「就這週末。」

我們擁抱，貼著彼此的臉頰，我感覺到你的鬍碴又冒出來了。我一直很愛這樣的感覺。

「晚安。」你說，然後轉向河的另一岸。

「晚安，親愛的。」

我不知道自己為什麼沒有向凱洛琳娜透露這些事。部分的我想要，渴望著能有人讓我傾吐一切。我猜想是因為我還沒有準備好，害怕她會對我笑說：「你看，你看！」或是對威士忌的誘人味道譏誚幾句。我害怕她會警告我不要討求無法償還的恩情。我現在最不想要的就是警告。所以當那個星期我在住處街角的電話亭打電話給她，她問我好不好時，我以我所能做出最為愉快的語氣跟她說一切都好。然後我聽著她告訴我，她是怎麼看上和她在哈妮雅生日派對共舞的那個矮個子。

他名字叫凱洛，是個工程師。我拿他們的名字開玩笑，凱洛和凱洛琳娜，這顯然是上天注定，然後她像昔日一樣大笑。接著，她問我博士學位的事。我說我還沒有去找教授，下星期會去見他，而且我確信自己會拿到。她說她會祈求我好運，也為我感到開心。掛上電話後，我比打電話前更想念她了。

我走回公寓，為週末出遊作準備。我打包行李，又取出行李，然後再次打包。我燙了衣服。這不像是要去度假，而像是前往一個我回來後就會改頭換面的任務。那天晚上，為了讓自己消除疑慮，我又走回冰冷街道上的那個電話亭。

「路茲歐，我就知道是你，只有你會這麼晚打給我。」

她聽起來很開心。

「外婆。」

「親愛的，你好不好呀？」

我吞嚥了一下。「很好，外婆，很好。」

「真的嗎？你錢夠用嗎？你知道我幾乎沒什麼東西了，但還是留了一點錢。我可以寄給你……」

「不用，外婆。」我對著話筒微笑：「我不需要錢。看起來我就要申請到讀博士的資格了，不再需要妳資助。」

「哦，路茲歐。」她的聲音像是哭了。

「外婆，你以我為傲嗎？」

「當然啊。」她吸了一下鼻子，而我把頭靠在公共電話的冰冷機身。「親愛的，你什麼時候會回家呀？你知道的，能看到你，才是我最在乎的事。」

「快了。」不知道是否真是如此。「快了，等他們確認我博士學位的申請，然後我一切安頓好了之後，我保證。」

我掛上電話，留在這個電話亭裡。天花板燈泡透過金屬格柵投下小小光圈，我站在光圈底下，看著外頭的夜色。我的人生是一條沒有通往任何門的窄小走廊，是一個狹窄到挫傷了我的手肘，只剩一條路可以走的隧道。**也許是虛無**，我告訴自己，**也許是離開**。

隔天，我們在三十字廣場碰面，就約在如異教徒神廟矗立中央的圓頂教堂臺階上。那天寒冷多雲，呈現充滿壓迫、令人絕望的灰濛，這是華沙那種特別的日子，會讓人認為太陽已不復存在，讓人害怕在無法穿透的雲層壁壘底下，心靈可能會窒息。

我來的時候你已經到了，行李袋放在腳邊。我們吻吻彼此的臉頰，兩人之間有一種奇怪的氣氛，像是成了遊戲的共犯。你閃動著淘氣和戲耍的眼神。「準備好了嗎？」你說，用這句話貫穿了我。

我點點頭，努力壓抑反胃的感覺。

他們的車到了廣場。在車子還沒停下來之前，我就知道是他們的車了。進口車非常稀少，即使是我都可以分辨出它和我們國人夢想擁有的其他兩種汽車不一樣：它不是飛雅特為社會主義集團製造的小車 Maluch，也不是來自東德更大更笨重的衛星汽車。這是一輛如黑豹般優雅光滑的黑色賓士。

它停在教堂臺階旁，前座車窗搖了下來，露出戴著金色墨鏡的哈妮雅。她興奮地向我們揮手：「男孩們，快上來！」

我們拿起行李，跑下臺階，爬上後座的棕色皮椅，馬西奧的那位金髮派對女孩已坐在裡面，像個非常昂貴的洋娃娃。她穿著皮革迷你裙，頭上綁著紅色絲質方巾。哈妮雅跟我們介紹說這是阿嘉塔，而她非常緩慢地對我們點點頭，一副不苟言笑的樣子。

「嗨，各位。」馬西奧說，眼睛帶著笑意轉動方向盤。「我們走吧！」

「還有其他人要來嗎？」我問。

哈妮雅轉過頭來，臉上仍戴著鏡面般的墨鏡，鏡片反射扭曲了我的臉，照出來的模樣讓我覺得既蒼白又愚蠢。

「只有我們。」她露出笑容。

我們呼嘯而去，汽車毫不費力地順暢疾馳在烏亞茲多夫大道。我們經過被遺忘多時的破敗貴族宮殿、隱藏著我的鹿的瓦津基公園，以及有著巨大柵門、受到一排排軍人保護的蘇聯大使館。過了這些地方之後，城市變得稀疏。我們行駛過無限延伸的相同住屋大樓，一棟又一棟的方塊住屋大樓，孩子在各棟之間的泥地間喧鬧玩耍。我們經過工廠，這些冒煙的龐然巨物，莊嚴高大，有如煤煙的教堂。收音機傳來地下絲絨樂團的歌曲，妮可的低沉嗓音如連禱般抒唱，鐘聲叮噹響，吉他伴奏，整首曲子有如忽隱忽現的海市蜃樓。

一大片的白樺迎面而來，在深秋中光禿了樹身，顯得更加莊嚴。還有農田，男男女女帶著馬拉的犁具，在溼潤的棕色田地上工作。天空還是多雲，布滿如米布丁般的灰白雲層，而在鄉間，在這大自然裡，有著一種美，就像可以尋求安慰的床上羽絨被。

我們聊了幾回，其他時候就保持安靜。我們不斷開著車，收音機不斷放著搖滾樂，阿嘉塔跟著哼唱。天色開始變暗，地面開始高低起伏。低矮山坡環繞我們，現在放眼望去淨是森林，是松木的樹海。然後，馬西奧轉上一個沒有標誌的泥土路，我們就一路穿過濃密的森林，直到來到一道柵欄大門。哈妮雅下車，解開門鎖，車子穿過大門，駛上高大雄偉的白楊樹車道，此時夜幕開始降臨。

車道盡頭是一棟房子，乾淨潔白，在暮色中有如幽靈，粗實壯觀的柱子支撐著陽臺的三角形屋頂。下車時，樹葉和小樹枝在我們鞋子底下吱嘎作響。房屋氣宇非凡矗立此地，不覺我們的存在。這種建築形式叫做 dwór，是一種古老的鄉間莊園，它必定已在這裡屹立數百年了，我想也會比我們大家都長命，我仰慕這一點，仰慕它所曾經目睹的一切，現在仍舊目睹的一切，還有我們永遠不會知道的一切。

馬西奧轉開前門門鎖，打開裡面燈光。乾燥雪松的氣味侵入我的腦海。這裡有古老的彩陶爐、壁爐和打獵的戰利品，野豬和鹿的頭顱，地板鋪著東方地毯。一個快樂與和平的地方，對政府無動於衷，對恰好出現的掌權者忠誠。你說了一些讚美這棟房子的話，而我保持沉默，心中想著你們所有人都配不上它。

我們跟著哈妮雅上樓，她分配了我們房間，我跟你一間，她在我們隔壁，而馬西奧和阿嘉塔住樓下的房間。

「我爸媽星期天會過來。」哈妮雅指著走廊盡頭一扇大門說：「那是他們的房間。」

「這房子是不是很了不起。」在我們放下東西，開始打開行李時，你這麼說道：「這幾乎是城堡。」

我點點頭。我想要獨處，想要獨享這個地方，好好欣賞一切。這裡有著花園景觀，其實可說是公園，它與森林接壤，呈現長橢圓形，像好幾個運動場那麼大。我站著凝視公園上方的最後一些光點消逝，渾然忘我，直到外面一片漆黑，我在窗戶上看到自己的臉。我轉向這個房間，它很寬敞，大概就跟柯雷契卡太太的小公寓一樣大。這裡有兩張單人床，床鋪厚實閃亮，由床頭櫃隔開，床頭櫃上放了一盞瓷燈。一扇門通往附有浴缸的大浴室，我轉開水龍頭，享受水流注滿浴缸的猛烈隆隆聲。浴缸升起蒸氣，我脫下衣服，踏了進去，我開著浴室門，盡可能眺望公園。水非常熱，幾乎燙人，但它擁抱著我。我在那裡躺了許久，感覺皮膚因為熱水而刺痛，感覺額頭形成的汗珠，任由思緒遊蕩。過了一會兒，我的眼睛完全閉上了。

醒來的時候，水讓我的身體感覺寒冷，呼吸困難。我離開浴缸，餓得頭昏眼花。我拿起厚得跟炸肉排一樣的毛巾擦乾身體，這時才發現你不在，我迅速穿上衣服下樓，但找不到人。我到處走，欣賞這裡的一切——高貴的木製家具、之前爐火的味道和大型陽臺，陽臺通往花園無邊無際的黑暗，森林只是遠方的一個剪影。然後有聲音傳來，輕聲壓抑，我分不出是誰的聲音，便走到可能的來源，然後發現你和哈妮雅在廚房。你們兩人站得非常靠近，我覺得像是在跳舞，只是你的手臂垂下來，神情專注親密。哈妮雅笑著對你說話；你皺皺眉頭，然後大笑起來。

「跟我說嘛。」我聽見她調侃地說，但你露出獅身人面似的微笑，聳了聳肩。

我一出現，你們的頭就同時轉向我。你稍稍退開她身邊，而她的表情從親密變為漫不經心。

「你來啦！」她大喊：「路茲歐，你餓了嗎？」

我尋求解釋看著你，但你像是還在角色扮演當中。

「餓死了。」

那天晚餐是哈妮雅從家裡帶來後，用烤箱加熱的烤牛肉佐甜菜泥和蘋果。吃完飯後，我們在客廳壁爐生了火，然後打牌，喝保加利亞葡萄酒。但我目睹你們兩人之間的情景，卻戳破了我的角色，讓我更難扮演下去。我心煩意亂，神經緊張。那天晚上最後，在我們大家慫恿之下，阿嘉塔起身唱歌，她帶著真切的悲傷演唱了瑪麗勒．蘿諾維奇的歌曲，那首關於舊日露天市場、錫製玩具和氣球的輕柔悲歌。我們全都靜靜聽著，她的聲音以一種意想不到的哀傷方式控制我們的心靈。

之後沒多久，阿嘉塔和馬西奧就回房睡覺，客廳只剩下我們三個人。客廳有兩張相對的沙發，扶手椅在兩側，中間有個矮桌。你坐在她對面的沙發，我坐在中間的扶手椅。我們談論了隔天要做什麼。我想去睡覺，卻不想單獨留下你們兩人。這時，你宣布你要去睡覺了，然後意味深長看著我，彷彿這是我的機會。我沒動，我和哈妮雅跟你說晚安。她笑了笑，望著外面的漆黑花園，也可能是她在玻璃上的倒影。接著，她看了我一眼，嘴角緊繃。

「我真高興你能來。」她說，像是很緊張，這讓我訝異。

「謝謝妳邀請我來。」我說：「這裡很棒。」

「不客氣。」她點點頭，再次望向花園，彷彿在做什麼決定。

「希望這樣不會太輕率，但——」她頓了頓，看著她的膝蓋，然後看向我。「請容我問你一個私人問題。」

我緘默不語，努力止住內心的眩暈。

「我無意刺探。」她輕快說道，明顯覺得不自在，甚至可說是脆弱，但完全不及我。「老實告訴我——亞努許還有別的女孩嗎？」

部分的我想要放聲大笑，歇斯底里笑到我的喉嚨、聲帶和肚子肌肉發痛。而另一部分的我卻不，只是純然筋疲力竭。我保持平靜的表情，誠實地搖搖頭。

「沒有，妳用不著擔心這件事。」

「真的嗎？」她的表情變了，整個發亮。「就是……他有時候很疏遠，而我不懂他為什麼不真正回應我。你懂我的意思嗎？」她的眼神尋求安慰。

我看著自己的手指，點點頭。

「他有提過我嗎？」她探問。

「有。」我吝嗇地說，希望自己能幫到她。「有，他有。」

她像是滿懷希望，但又不怎麼相信，圓睜的眼睛透露她想知道更多。

「他喜歡我嗎？他有跟你說過什麼嗎？」

我吞嚥了一下。這一次，眩暈清清楚楚控制住了我。

「我不知道。」我說，察覺到這是真話。「他沒跟我說過，妳必須問他。」

隔天上午，射進房間的陽光擾醒了我。醒來時，我覺得頭好痛，而你的床已經整理好，人不在房間。我沖了澡後下樓，發現你們全都坐在餐廳一張長桌旁。哈妮雅和阿嘉塔兩人的頭髮都溼溼的，整個往後梳。空氣中彌漫著咖啡的香氣。你吃著一個麵包捲和兩片火腿。「他來了！」馬西奧看到我進來這麼說道，大家都抬起頭，睡眼惺忪跟我打招呼。哈妮雅坐在你身邊。

早餐過後，我們全都去森林散步。昨晚下了雨，森林潮溼，有清新也有腐爛的味道。我們走在層層落葉和秋日最後的蘑菇上。我試著找哈妮雅說話，但一直找不到兩人獨處的時候，我不知怎地對此有點高興。天太亮了，我知道我需要酒精才辦得到。

那天下午，哈妮雅說她打算給我們一個驚喜；午餐過後，她和阿嘉塔就帶著兩個空籃子出去了。我們三人就留在屋子裡，你和馬西奧在樓下玩撞球，我上樓回到我們的房間。樓上悄然無聲，在走到房間前，我的視線落在走廊盡頭那道雙扇門，我感覺到難以抵抗的強烈好奇心。我傾聽有無聲音——什麼也沒有。我走向門邊，按下把手，房門沒鎖。我的心臟劇烈跳動，我溜了進去。房間十分寬敞，擁有眺望公園的絕佳景觀，裡面擺放了一張做工精良的四柱床，周圍的氣氛顯得出奇地莊嚴和不可捉摸，就像這張床上剛有人過世。我走到窗邊，遠眺森林景觀。窗邊擺了一張亮晶晶的圓桌，上面放滿鑲框的照片：小時候的哈妮雅和馬西奧，個子小小，胖嘟嘟的，但還是一樣的臉蛋，兩人在吃冰淇淋；還有他們的父母——父親看起來像馬西奧的年長肥胖版，只是有一張幾乎沒有嘴唇的不同嘴型；母親高䠷優雅，有著哈妮雅的深色眼眸；四人最近的合照則是微笑站在艾菲爾鐵塔前方。接著，我的視線落在旁邊的照片上，一時之間我無法領會所看到的照片，腦袋軋軋作響。在這張照片中，他們的父親穿著掛滿榮譽徽章的軍服。我雙手顫抖把它從桌上拿起來近距離觀察，我感覺反胃，甚至骯髒。哈妮雅的父親和吉瑞克握手，相互微笑。

黨委書記的臉龐寬闊，得意洋洋，帶著明顯的喜愛看著哈妮雅的爸爸。同一個人曾從遊行中的無數旗幟和海報上睥睨我，是國家所謂的救世主，也是同一個人下令調漲物價。我想到全國各地空蕩蕩的商店，想到柯雷契卡太太，想到為了微薄的東西而把生命用在排隊，甚至還買不到東西的人——然後是這些笑容、肥胖和自我放縱。我瞠目結舌，好想把照片丟在地上用力踩，感受玻璃和木板在我腳下碎裂，聽到紙張裂開，見到他們的笑容撕裂。我費了好大的勁才讓自己放下照片，走回我們的房間。我張著眼睛躺在床上，整個計畫——請求哈妮雅幫忙我的博士學位申請——現在顯得前所未有的下流，然而，我告訴自己必須這麼做。就這麼一次，請求這一件事，然後永遠不要再跟他們打交道。我閉上眼睛，整個世界在我周圍旋轉，我的重量也隨著它移動旋轉。

等我睜開眼睛，房間一片黑暗，我感覺到愉快的麻木感。外頭夜色來到。樓下傳來笑聲，走廊上響起腳步聲，你帶著興奮難抑的表情打開房門。

「晚餐時間到了。」你看著我說：「你要來嗎？」

我點點頭。「馬上下去。」

我洗了臉，換上乾淨的白襯衫。當我下樓時，大家正鬧得開心。唱片音樂流瀉，大家都在廚房，流理臺上放著酒杯，你跟馬西奧在說話，阿嘉塔和哈妮雅俯身看照爐上的鍋子，空氣中彌漫著強烈的泥土氣息。

「晚餐吃什麼？」我問。

馬西奧抬起頭，調皮笑了笑。「哈妮雅的巫婆特餐。」他說：「不是特別飽，但你不會再覺得肚子餓——相信我。」

阿嘉塔輕聲一笑；哈妮雅縱容看了他一眼，然後拿著長木杓轉向我。她穿著紫色裹身裙，脖子上掛著一個大大的琥珀墜子。

「這是我偶爾會做的特別湯品。」她嘴角含笑說道：「我認為你會喜歡的。」

「無論如何，我們需要好好利用今晚。」馬西奧一臉不快。「明天有家長要來了。」

「我們爸媽明天要來。」哈妮雅頭也不回地說：「但只待一晚，他們不會打擾我們的。」她拿出一個大瓷碗盛湯，這個湯是泥土顏色、濃稠深暗。「不過，我們還是沒辦法做**這個**，那就開動吧。」

我們在餐桌坐下，大湯碗放在正中央。它的泥土氣味隨著蒸氣飄散，所有人都很興奮，滿臉期待，就連阿嘉塔也一樣。

「這是什麼？」我問

哈妮雅環視大家，每個人都微笑面對我的問題。「Zupa（湯）。」她意味深長地說：「罌粟莖湯，這會讓你飄飄欲仙。」

她的黑色眼眸閃亮，你坐在她旁邊，對我鼓勵地點點頭。她把第一碗湯端給我，越過桌子遞過來。所有目光都集中在我身上。我把湯端到唇邊，就像喝藥一樣，一口氣喝光。我想要隨著它溶解。裡面有種深褐色的味道，苦澀，不近人情。他們對我露出笑容，跟著我全都喝掉了。我們圍坐在一起，彼此對視，哈妮雅越過桌子搓揉我的手，咯咯笑著。你握住她的手和馬西奧的手，我們全都握著彼此的手，形成一連串。過了一會兒——或者不只一會兒——我們全坐在沙發上，四肢大張，充滿歡樂。我的身體失重，心中沒有掛念的事，完全沒有；它太輕，所以浮起來了。我見到你坐在我附近，我感覺到的只有愛。我閉上眼睛，見到了田野、花朵和湖泊，夏天的那座湖泊，一切都為我而存在，只為我，而我愛我自己——全部的自己，每一個原子——就像從未這麼深愛過一樣。現在播放的音樂是我所聽過最美妙的歌曲，每一個字我都了解——是賽吉．甘斯柏唱的法文歌——它傳達了我從未料想的訊息。我們共舞，你跟我，哈妮雅和你，我和她，阿嘉塔和馬西奧。我們全都一起舞動。

我覺得溫暖，好溫暖。火焰在燃燒，熱氣籠罩著我們，我們開始脫衣服，如夢似幻，著迷陶醉。像孩子一樣，看著彼此，不帶一絲羞恥。一件接著一件，衣服掉落地板——牛仔褲、裙子、襯衫、罩衫、襪子、內褲。直到我們一絲不掛，空氣貼著我們白皙的軀體，夜色包裹我們蒼白的皮膚。我們是一支情欲軍隊，我們全都很美麗。哈妮雅和阿嘉塔大腿間的黑色三角地帶，乳房有如熟透的果子，阿嘉塔比哈妮雅圓潤柔軟，她們的肌膚透亮，雪白到令人目眩，是維納斯和寧芙仙子。馬西奧的肉體有如參孫，有如巨人，他的陰莖像公牛的一樣，胸膛鼓面一樣寬闊，長著胸毛。但你是其中最美麗的，你的身體是大理石，吸收了月華。

阿嘉塔打開陽臺，我們像是仲夏夜晚的孩子，在外面奔跑。我們感覺不到寒意，只感覺到夜間空間擁抱我們的肌膚。這就像是游泳，沉浸在空氣中。我們伸展雙臂，探向月亮。

「我們來玩捉迷藏吧！」哈妮雅大喊，她從花園桌上拿起桌巾，綁住馬西奧的眼睛。我們轉動他的身體，一轉再轉，手指放在他的腰和臀部，他的陰莖隨著轉動擺盪，我們的手拍打他的屁股。

「數到三十！」

我們跑進花園，進入森林。女孩在一個方向，我跟你在另一個方向。青草和小樹枝搔著我的腳。

「你可以拿掉遮眼布了！」哈妮雅的聲音從遠處傳來。

我跟你躲在森林邊緣的一棵樹後，我們的手貼著樹皮，開始凍結，然後又找到溫暖，我們的雙臂環抱彼此，身體合而為一，互相保護免於寒冷，在夜裡完美。我們親吻，你是我的，此時我意識到，這是唯一重要的事。其他東西都不曾存在，只有我們的唇，我們的臀，和我們的嘆息。我透過你進入不同的銀河，你的嘴巴是通往更好宇宙的舷窗。此時，身後傳來樹枝的吱嘎聲，是馬西奧，他赤身裸體站在幾公尺外，張大了嘴看著我們，眼睛瞪大，身體僵住了。

我可以感覺到你渾身恐懼地一顫，你想要說些什麼，但馬西奧卻莫名其妙開始哈哈大笑，笑得跟瘋狂的大熊一樣。感覺他的笑聲就要震垮了森林，讓松葉紛紛落下。

你的神情倏地亮了起來，也跟著大笑。「是個玩笑！」你看著他，集中精神大喊。「路德維克跟我打賭，而我輸了。」

馬西奧止住笑聲，目光在你我之間移動。

兩名女孩從樹後現身。「發生什麼事了？」阿嘉塔問：「你們為什麼在笑？」

馬西奧轉過身面對她們，就走開了。「沒什麼。」他說：「幻覺，我贏了。」

我們走回陽臺，我無法看著你，只是盯著地面，不確定剛才是怎麼回事。我好熱，我在燃燒，整個點燃。再來是下一回合，換我被矇眼睛了。在他們轉動我的身體的時候，我不由自主地不斷大笑，接著我數到三十，等我發冷頭暈地張開眼睛，你們全都不見了。我走進森林，找到了馬西奧和阿嘉塔，他們在空地中接吻。我輕拍他們的肩膀，兩人抬起頭笑了笑，又繼續擁抱。「我去找另外兩人！」我大喊，跑向森林深處，越過倒下的樹幹和小山谷。我一直跑到迷了路，直到確定已經找不到你們。我試著找到回去的路。森林開始逼近我，從迷人變成了威脅。這感覺就像噩夢，我知道自己的神智不清。我停下腳步，努力鎮定下來。此時，後方傳來貓頭鷹的啼叫，我轉身，發現一棵樹背後發出亮光，就像是海裡發光的石頭。我走向它，腳步快速，因為即將到手的成功而心跳劇烈。然後，我看到不同的白影——深白在淺白上面，啞光大理石在白堊上面。兩個軀體在森林地面上，腿部交纏。我站在那裡，看著你們的腳移上另一隻，被泥土和葉子弄髒的腳底扭動著，掙扎著。這種交疊的渾圓形態有一種殘酷感——你在她身上，胸膛壓著她的，月光照亮了她閉上的眼眸。我轉身就跑，我不斷跑著，渾身顫抖，就像破冰跌進湖中，才剛努力爬出來的孩子。我跑呀跑，變得徹底麻木，完全失去感覺。

我感覺不到寒冷，感覺不到我的肺，只有恐懼推動我前進。這就好像，只要我跑得夠快，這一切都不會是真的——我跑得愈遠，就更加遠離剛才目睹的一切。

我回到房子之後，馬西奧和阿嘉塔都在。他們一副看到幽靈似地看著我，問了好些我聽不見的問題。我只看到他們的嘴巴一張一合，我以為自己會窒息或昏倒，彷彿我一路跑來都沒在呼吸，彷彿我已經好幾年沒有呼吸。我就站在那裡，感到大腦開始洩氣，整個身體都洩光空氣，我開始像急馳過後的馬兒用力喘息。我彎下腰，雙手放在膝蓋上，努力不要溺斃在空虛、在自身的真空中，但裡面無疑已有東西崩潰了。

「你還好嗎？」馬西奧問。

我見到他們已穿回衣服。我這輩子從未感覺到如此赤裸裸，如此脆弱。我搖搖頭，眼前一黑。

我記得在那個晚上，自己不時抽搐地嘔吐，感覺像是要釋放某種東西，擺脫心中的怪物。除了感覺到無法掌握自己的身體，我什麼也記不得。我心中閃現自己可能會死去的想法，我對此無能為力，也束手無策。我就是必須讓它發生——

不管「它」會變得怎樣。然後，就像溼重物體滑入地面的漆黑坑洞，我再次睡著了。

醒來的時候，我不知道自己是誰。我的腦海像一片乾淨的石板，等待記錄美妙時刻，直到記憶紛至沓來。我躺在我們樓上的房間，被子底下一絲不掛，內臟和肚子都在燃燒。窗簾拉上了，它的下方和邊緣透出微弱的陽光。你在另一張床上睡著，肩膀的起伏微不可見，呼吸聲也聽不到。我拖起身子，感覺身體沉重陌生，每一個動作的感覺都不比尋常。我套上了幾件衣服，把其他東西扔進行李袋。我走出去時，你並未被驚動。我踩在東方地毯上，走過安靜的走廊，下樓到那個有壁爐的房間。那裡真是精采，桌上淨是空酒瓶，室內還有消散未去的菸味。我們的衣服在房間中央堆成一堆，像是某種怪誕的祭品。屋外的陽臺上有個燒灼的痕跡，是原本生火的地方。橘色鳥喙的小胖鳥在附近興奮地飛著，在沾著露珠的草地上啄弄一件東西。那是一條白色的蕾絲內褲，棄置在那裡，像是某個人的幻想。

我走出前門，任由它就這麼敞開，再經過石子路，穿過白楊林蔭道盡頭大開的柵欄門。樹林和泥土路已經讓我覺得呼吸輕盈起來。太陽剛剛升起，為這片園地帶來了奶油色的光亮。我好高興能獨自走在這條小徑上，感覺無比歡欣。但正當我就要來到大馬路上時，一輛配置染色車窗的黑頭車迎面而來。我低頭加快腳

第7章

那一年的冬天來得早，每個星期都把我們拉入更深的黑暗，每個白天都比前一天更短，彷彿時間就要耗盡。最讓我詫異的是，我十分鎮定。也許是因為嗑藥的關係；也許是我仍處於另一個深陷藥物影響的維度，異常睿智。也許是震驚，或是否認。也許是整件事龐大到難以理解，也許是它還沒有任何意義。有好些時候，我想要躺在地面上，感受街道的混凝土地面貼著我的臉。就直接躺下，停住一切，感受身上沉重的重量，骨頭裂開，自己墜入永恆的睡眠。不過，我把這一切想法都推了回去。

在腦海陷入這一片混亂期間，我知道我無法像過去一樣繼續自己的生活。我知道我必須離開，努力只思考這件事。因此，在一個極為寒冷和灰濛濛的上午，我去了護照局。那是位於市中心一條小街道上的高大褐色建築物，離曾經進行罷工示威的國家博物館不遠。我雙手顫抖來到這裡，推開撒傳單那一晚的記憶，腦袋中組裝了我的故事。我坐在寒冷的大廳，填寫表格，就跟每一次必須填寫我人生的官方數據時一樣，奇異地察覺到自己的字跡，感覺自己像在說謊。表格詢問我要去哪裡，要去多久，以及原因，我堅守我的故事說法。

我在護照局昏暗單調的大廳，感覺像是已度過好幾天，我就這樣手中拿著號碼紙，坐在堅硬木椅上，等著輪到我。

我坐在走廊上，努力不要哭出來。我想要停止存在，我想要不存在。我坐在走廊上，努力不去想你和我，努力不去想我們在你床上的被子底下，努力不去想你的臂膀、你的手和你的眼睛。我努力不去想所有我曾經想像我們會做的事——明年夏天重返我們那座湖，有朝一日搬家同住。我努力不去想哈妮雅，以及你的手指放在她亮片裙腰際的模樣。我努力不去想馬西奧，以及他在森林看到我們時的眼神。我努力不去想外婆和梅爾維茲教授。

我努力想像自己大約一年後的未來生活，我看不到任何東西。我看不到任何東西是因為我無法掌握不是當下的任何事——不，甚至不僅於此。我開始搖腿晃腳，只為了有所感覺。此時，在叫到我的號碼之前，護照局就結束辦公。離開時，我發現自己這段等候一無所獲，只除了手中薄薄的一張紙，上面手寫的號碼因為握在我手中太久都已模糊不清了。

我回家去，柯雷契卡太太說我會習慣這種情況的。她為我們做了乏善可陳的晚餐，蕎麥配上醃黃瓜和甜菜根泥。我們敞著窗戶吃飯，寒意飄送進來，讓我們精神一振，街上汽車奔馳的聲音也跟著傳來。

「我們只是在排隊等待一個可能性，等待什麼，也可能是平白等待。」她露出悲傷和關愛的笑容。「但親愛的，這終會過去。即使最長的隊伍也終究會消散。」

隔天，我重返護照局。在一排排的人群中，坐著等待。這裡老的、少的、長久永恆的，全都安靜無聲，全都有氣無力地看書、織物，以刻意的緩慢順從，擺弄衣服；大鐘滴答走著，一個哀怨的聲音叫著號碼。我坐在長椅上，身體好痛，肚子好餓。但古怪的是，我仍保持鎮定。我認為，鎮定依舊算是震驚的一種形式。如果我有所流露，它會讓我難以承受。對於孤獨人生的害怕恐懼始終存在，就像是一個緊扣不放又逐漸擴大的深淵，等著吞噬我。我今天依然可以感受到那種恐懼的震顫，它的迴響牢牢扎根在我的指尖底下，在我下腹內部的小小失重空間，離胯下邊緣只有幾公分的地方。

在那天即將結束時，叫到我的號碼了。我穿過走廊，腳步聲迴蕩在石材地板上。我敲敲門，感覺到脈搏在耳際重重跳動。我遵從那個說「進來」的聲音。

裡面陰暗狹長，我必須走五、六步才能到達辦公桌前，我瞪大眼睛以看清楚坐在小小桌燈光線裡的人，那是一個戴著黑框眼鏡的禿頭男子。

「請坐。」他說，語調正式，但不算冷漠。「我快好了。」

我坐在他對面的椅子，只見他俯身看著一些檔案，掌握裡面的內容。他的辦公桌滿是這樣的檔案，整齊堆成一疊疊。時鐘緩慢勉強的滴答聲，成了室內唯一的聲響。

「來吧。」那人抬起頭說，神情略為疲倦，可以看到他眼鏡後方有著眼袋。他打開另一份檔案，我認為那應該是我的。他的目光掃過文件，動作快速，而表情愈來愈嚴肅。我以為他會問我關於旅程的事，我已經準備好說法——我要在耶誕節去探訪在芝加哥的舅舅，一月返國。我預期他會問我為什麼以前從未探訪這位親人，怎麼負擔旅費，他們要怎麼知道我不會叛逃。我以為他會展開標準的訓誡，指出資本主義世界的危險，他們是社會主義的敵人，而除了讚揚社會主義波蘭的進步和成功之外，我絕對不該和外國人談論政治。大家說情況向來是這樣，但這些問題都沒有出現。過了一會兒，他倒是放下檔案，以一種我難以判讀的表情看著我。

「公民，我們知道你的事。」他露出期盼的表情說：「我們知道你的事。」

我無法呼吸，傳單那一晚，窗戶，抬頭凝視我的那些面孔，是誰告訴他們的？他們一直在跟蹤我嗎？我發不出聲音，那人看起來心滿意足。

「我們知道你的偏差，知道你的少年愛。」他帶著一種超然的評斷，不偏不倚說出這兩個名詞，就像我想像中他會說出「叛國」的模樣。細胞拋棄了我，我身體失去所有感覺，彷彿有人把我丟進漩渦，無法上升也無法下沉，抓不住任何東西。從來沒有人跟我說過這樣的事，一種私人、一種心照不宣卻基本的事實從我身上扯離出去。我什麼也不能說，我想，他們或許是在套我話，或許我可以據理力爭，擺脫這個狀況。但我無法思考，也無法行動；我被某種力量強大，某種從內癱瘓我的東西咬住了。他的臉閃現滿意的神情——這可能是任何人的面孔，是一張尋常、日常的面孔。

「我不知道你在說什麼。」我說，心知自己絕對無法度過這個難關。

他的表情不變，只是再瞥了一眼檔案。「馬里安．札勒斯基這個名字對你有什麼意義嗎？」

我如實地搖搖頭。

他看著檔案接著說：「札勒斯基在三年前，即一九七七年四月二十三日，因雞姦另一名公民，在樂斯拉夫的舊城公園被捕。」他回視我。「他服從地給了我們跟他一樣的人的名字，所有他知道的名字，全都列在一份有他親筆簽名的聲明當中，而其中一個名字就是你。」

他從檔案夾取出一個東西，遞給我。那是一張護照大小的照片，上面是一個我從未見過的老人面孔，他直視著鏡頭。這張臉溝壑縱橫、乾癟，了無生氣。此時，我驀然認出他：他是我逃家那一晚，在公園長椅上遇到的那個人。這個人跟我說了他的人生故事，以嘴巴緩解了我一晚的焦慮——而且我跟他說過我的名字。湧現在我心中的不是憤怒，而是一種奇異的疼惜。他在照片中顯得如此悲傷，如此遭受拋棄。我代替他，內心燃起熊熊怒火。我可以見到他被拖出公園，扔進警車後座；我可以見到他坐在冰冷的地下辦公室，遭受毆打、恐嚇，被迫簽下這份現在整齊擺在一名官僚面前的聲明。

「這跟我的護照有什麼關係？」我不耐煩地問：「你們給不給我？」

他維持鎮靜，慢慢放下檔案，雙手在上方交疊。

「公民，這就完全看你了，就取決於你和你的常識。」他合起我的檔案，把手肘放在上面，瞇起眼睛看著我，他的瞳孔小而緊縮，就像釘子的頭。「如果你想要護照，就得跟馬里安同志做一樣的事，提供我們名字，還有日期和情況。」

他從書桌抽屜抽出一張白紙，放在桌上推向我。

「寫吧。」

剛開始，是一片空無。思緒紛沓而至，試著點燃，成了準備施放煙火的天空，等候做出決定的舞臺。不過，決定要從何而來？

我見到你和哈妮雅相擁共舞，渾然不覺我在窗戶的另一頭。我的胃部開始發燙，分泌如箭鏃般的疼痛，然後你們兩人如四腳獸在森林地面奮力掙扎，吞食自己，只意識到自己。而同時，我的耳邊響起你懇求我信任，懇求我保持耐心的聲音。我肚子裡的火焰擴散，背部開始疼痛，眼睛翕動溼潤。那人仍舊在那裡盯著我，那張紙也是。

我感覺到時間暫停，一個時刻被扯成最微小的部分，它延展得如此細薄，簡直像要斷裂。當我想像拿起那張紙，拾起筆，設想它的可能性，設想寫下你的名字時，我的手臂拒絕移動。我感覺不到它，感覺不到內心的火焰，我感覺不到任何疼痛，變得痲木。

我不知道在下一個時刻的虛空中，接管一切的是什麼。我猜想它不會是確切的東西，而是模糊的呢喃，是一種動物的聲音，一種本能。我聽從它所說的——至少，是我可以聽懂的。我知道它講述事實。我張開嘴巴，身體感覺沉重、荒謬，像是同時穿了兩件毛皮大衣。「不。」我對那人的撲克臉說：「我沒有任何名字。」

這並不容易——他決心要得到屬於他的東西。但我知道怎麼堅持，知道把他增加的威脅視為進步的徵兆。我不理會他說如果我不遵從，我這輩子永遠別想出國，永遠找不到工作。我不理會他變得咄咄逼人，說我是性變態，是噁心的混蛋。令我驚訝的是，我無法接受他想要我感受到的羞恥感，它太過熟悉已無法強加在我身上：我已經自行製造了好一段時間，在那當下，我發現自己已沒有空間容納它。我倒是運用了事實，說我前一週才被投放了迷幻藥物，我的頭腦一片混亂，過去記憶一團模糊。我不知道他有沒有相信我，但最後，我不知道他為什麼說給我兩天，兩天後過來提交名字。放我離去之前，他把雙手放在桌子上，以如手術刀般尖銳和慎重的語氣說，如果我沒出現，我會後悔一輩子。我點點頭，走了出去，感覺不到任何東西。外頭的夜幕已經降臨，我大口呼吸冬天的空氣，知道自己必須往哪裡去。

電車轟隆隆過橋，河岸兩旁的樹木變得光禿，它們的葉子落入河中，被河水帶走。庭院的聖母像結了一層霜，黃色劍蘭已經沒了。上樓的每一個腳步都很費勁，我想著，吱嘎的每一步都會讓你警覺到我的出現。外面沒有小孩在玩耍，也沒有人在——只有我和這棟老舊的木造房子。我敲了你的房門，我的身體僅僅只是一個空殼。我的心臟狂跳，有如剛爬完西喀爾巴仟山。我甚至不知道自己為什麼要來。

你打開門，臉上起了一陣漣漪，就好像不知道做何表情。當下，它只流露出堅定的力量。你看著我，我回視你，試著評估這一刻，感覺到失控。你當時看起來像是比我高大許多，高踞我上方，低頭看我。我以為我們會這樣一直站下去，以為我會驕傲到甚至不想開口，以為我不會乞求任何事，以為我沒理由感到歉意。但是看著你，軟化了我——儘管你初次出現了冷硬態度，也或許正因為如此。看到你這樣，看到我們之間沒有任何交流，讓人難過。然後，我見到你眼底的情緒，一個裂縫。

「不讓我進去嗎？」我說。

你退開門邊，讓道給我。

你的房間從沒這麼寒冷過。加熱器——這是門邊由數根白色管子結合而成的奇妙裝置——哐啷發出巨響，就好像有小矮人困在裡面，拿棍子敲擊。我很高興我穿了外套，這時我注意到你穿了厚毛衣，圍著圍巾。你關上我身後的門。

「哦，你來了。」聽起來像在自言自語，而不是對我說。你站在門邊看著我，在這房間中顯得有些無助。「坐吧。」

除了床之外，沒有地方可以坐。它鋪得很整齊，罩著好幾條毯子。窗邊的書桌上擺著幾本攤開的書本和一本筆記本。我只挨了床緣坐著，感覺身下的毯子，感覺到一種空虛，這裡原本是一個確定無疑的所在。你站在門邊，雙臂交叉在胸前看著我。

「你為什麼跑掉了？」聲音中帶著責備和一絲痛苦。

這問題讓我愣住了。我以為我們會閒聊，以為會圍繞我們真正的感覺舞動。我吞嚥了一下，找尋真實並值得訴諸語言的東西。

「那太過頭了。」我說，無法看著你。

「而且——」這對我似乎難以啟齒，繼續說下去簡直像在過火圈。

你直視我。「什麼？」

我猶豫，而在這樣的猶豫中，湧現了憤恨。

「那天晚上，當馬西奧看到我們，你對他說了什麼。後來，我看到你在森林裡，跟哈妮雅在一起。」我閉上眼睛，筋疲力竭。我不想看到你的反應，卻仍舊抬起頭。你的神情再次以不同的方式變得冷硬，你下巴緊繃，眼睛盯著地板，不讓我看見。突然間，我感覺像是困住了，逃開的欲望攫獲了我。你終於抬頭看我，眼神閃爍著悔恨。

「路茲歐，我們全都在嗑藥狀態。你根本不該看到我們，那沒有任何意義，那只是遊戲，是天真無邪的。」

你看著我有何反應。**這從來不是遊戲**，我心想，**也從來不天真無邪**。但我沒辦法讓自己說出口，我們似乎進入了一個語言失去意義的領域。我只是看著你，看著你掙扎，又在我的沉默下變得冷硬。

「你可以在離開前留下話的。」你說，現在滿是責備。「我們可以先談談的，你卻連解釋的機會都不給我。現在，你自己毀了它，毀了跟她的那件事。你能想像我們有多擔心你嗎？我們以為你跑進森林，需要援手？」你看起來真的很痛苦，剎那間，我感到內疚。「幸好，她爸媽告訴我們，他們看到你了。他們顯然認為你瘋了，現在你打算怎樣？啊？」

我看著你，大概是第一次帶著憐惜。「我們現在不說這個了。」我輕柔說道：「我要離開了。」

這句話像咒語一般定住了我們之前說的一切，你臉上掠過恐懼，眼睛緊跟著搜尋我的眼神探求跡象。

「去哪裡？」你幾乎不敢置信地說。

「美國。」

彷彿清水在紙上暈開了，你領悟了。你說不出話來，目光閃躲。我不願看到你這樣。

「他們給你護照了嗎？」你輕聲問道，不帶任何抑揚頓挫。我保持平靜。

「還沒有。」

你點點頭，看向地板，然後往窗外看。我想要你多說些什麼，我覺得自己已別無武器。你走到窗邊，用力呼吸，就是不看我。

「你來不來？」我問，一說出口就覺得自己好傻。

你笑了：只是短促一笑，眼底不見笑意的苦澀笑聲。

「你為什麼需要離開？」你轉向我。「我們原本已快要得到想要的東西。」

我看著你，深深吸了一口氣，閉眼片刻，然後再次睜開眼睛。

「並沒有，亞努許。只是你以為，你難道看不出這對我們是什麼情況嗎？是羞辱。」

你迎向我的目光。「比像是老鼠住在嚴寒的閣樓還羞辱嗎？或是比拚命工作一輩子卻一無所獲還羞辱嗎？我以為你想要更好的生活。」

「我想。」我覺得寒冷。「我的確想。」

你坐在書桌上，背對窗戶，神情崩潰在雙手之中。我感覺到柔情，感覺到一種可能性。我起身走向你，手放在你的肩膀上，感受到毛衣底下肌肉緊繃。

「跟我一起走。」我低語。「還不算太晚，我們可以不知不覺地離開，越過山區到捷克，再前往奧地利。那裡不會有人認識我們。」

「我們會一無所有。」你埋在雙手底下堅稱：「我們不會那裡的語言，我們會迷失。」

「我們會自由。」

這空間像是全被我們占據住了，充滿我們語言堆積的雲霧，是我們思想的霧氣。我從你身上移開手。

「想想《喬凡尼的房間》。」我說，那本書穿過濃霧回到我身上。「想想大衛是怎樣出於恐懼而離開喬凡尼，我們不能出於恐懼而採取行動。」

你從脹紅的臉龐收回雙手，不是盯著我，而是透過我凝視。「這太過頭了。」你的聲音疲累。「我辦不到，路茲歐。我不能，你要求得太過頭了。」

「是因為哈妮雅嗎？」我恐懼地感覺到天旋地轉。

你緘默不語，只是低著頭，臉上仍舊脹紅，卻不為所動。「不是那麼簡單。」你終於說道。不知怎地，我相信你。

「還記得大衛做出決定後的感覺嗎？」我說，再次感覺喉嚨緊縮。「他後悔了。」

「別再拿我們跟那本書作比較了！」你的聲音震裂在牆壁上，面孔扭曲緊鎖，完全變了樣。「想要逃開的人**是你**，試著逼迫我陷入這個狀況的人**是你**，你不能讓人以你想要的方式愛你。」

我感覺生命從身上流失，有如塞子被拔開了，我坐到床上。

「路德維克，我不適合那樣做。」你像是道歉般說道：「我屬於這裡，而且無論如何，我一定會成功。」你從書桌站起來，帶著新生的自信走向我。「我遇見哈妮雅的爸媽，和她爸爸相處愉快。他會幫忙我高升，我很確定。」你的聲音充滿希望，聽起來幾乎是希望我以你為傲。我什麼也沒說。你只在一公尺外；如果你伸出手，我就可以碰觸到你。「而且或許這對你也不算太晚。」你接著說：「或許我們可以跟哈妮雅談談，或許馬西奧永遠不會提到他看到的事，還有——」

我站起來。

「我得走了。」我說，知道這是事實。你的臉龐、四肢，就好像你整個人都努力維持在一起，幾乎因為這樣的使勁而顫抖了。我不忍心看到這樣，我挪開目光，如小偷撤離般閃身到門口，在你喚我的名字時，駐足不前。這聲呼喚像是一種申訴，是一種被違背的權利，也是被引用的權利。我的手放在門把上，背對著你，太陽穴感覺到搏動的心跳。我感受到這聲呼喚在空氣中悸動，我的名字，索求我。它的手指繞住我的肩膀，想要阻止我。我猛然一震，打開房門，匆匆走下漆黑的樓梯。

夜變得更冷了，街道空蕩蕩。街燈光線昏暗，醉漢醉女的咒罵聲劃破空中，但看不到他們的身影。我知道你不會追上來，也多半不想你這樣。但不知為何，我開始奔跑，某種歡快的恐慌加速了我的腳步。我盡全力在結霜的人行道上快跑，沿著千瘡百孔的建築，經過空曠的廣場。我馬不停蹄，冷風刺痛了我的肺，直衝腦門，又倏地出去。我穿過狹窄的鵝卵石巷道，跑過東正教教堂的金色圓頂，直奔大橋。我一直跑到身體恢復了感覺，直到雙腳沉重，直到痛苦開始刺戳，而我別無選擇，也喘不過氣。停下來的時候，我站在大橋上，緊抓著欄杆，像倒寫的L般彎下腰來。我用力吸氣，感覺呼吸火辣辣地刺痛。頭暈目眩，我閉上眼睛，把欄杆抓得更緊，再更緊了。直到我跪倒在地，痛苦地大喊，感覺冰冷堅硬的混凝土推搡我。

後來，等不再天旋地轉，顫抖退去，地面的寒意滲進了我的骨子，我知道這救不了我，或許什麼都救不了，我睜開眼睛，用力托起身子。我眼前的城市怪異地遠離河流，怪異地沉靜。老城區的房子坐落在山坡上，左邊是文化宮尖銳的尖塔，後方的方塊住屋大樓隱約可見。在那晚漆黑的夜色中，這一切似乎都不像是真的。

回想起來，我很驚訝自己居然沒有在橋上縱身一跳，當時我恐懼萬分，看不到出路。但我猜想，就在當下，處於絕望之中，我感覺到本能再次甦醒，那道聲音的呢喃。我拍掉衣服上的灰塵，帶著漸增的熱度走路回家。不知怎地，我知道我會想到辦法，想到一個我可以忍受的協議。

那天晚上，因為潮熱和狂亂夢境的困擾，我下床走到我這狹小房間的窗邊。窗外的城市像是充滿酣睡樹木的幽靈。我一時想起我離開時，你在你的房間呼喚我的名字，想到你每一次的謊言，試著在她和我之間腳踏兩條船。就在此時，我產生了那個想法，而無需三思，我知道除此之外，別無他法。

隔天上午，我很早就出門。我從我們那一晚碰面的相同地點起步，行走在瓦津基公園旁的大道，這裡的喬木和灌木現在全都光禿禿，沒了葉子。我的鹿要怎麼辦呢？我找到那高大的戰前公寓 kamienica 的小街道，按下對講機的按鈕。

「哈囉？」她的聲音清澈無瑕。

「我是路德維克。」我說。

「哦。」聲音有點驚訝，她頓了頓說：「上來吧。」

我搭上電梯，在鏡中端詳自己沉重的表情。上一次和你來這裡，感覺像是上輩子的事。

走出電梯時，公寓的大門已經開了。哈妮雅帶著令我痛苦的和解笑容，站在門邊。她穿著毛衣、紅色長裙和厚襪子。我們親了親臉頰。

「真高興見到你。」她輕柔說道，而我再一次相信她了，就跟每一次她這麼說，我都相信一樣。我幾乎鼓不起勇氣進屋，公寓比我記憶中更大更明亮。我們一路走進之前舉行派對的華麗客廳，現在這裡充滿了冬日光線。她請我坐在那張白色沙發。

「你要喝點東西嗎？葡萄柚汁？」她皺起眉頭，也許是察覺到我的緊張。「還是白蘭地？」

我搖搖頭。

她坐下，長裙從沙發拖曳到地毯上。

「我必須跟你道歉。」她懊悔地看著我說：「是鄉間那一晚的事，很遺憾那鍋湯品的威力那麼大。我對整件事感到非常抱歉，事情太過頭了，這是我的錯。」她看起來很尷尬。

「沒事的。」我鬆了一口氣。「妳又不知道會這樣，也抱歉我不告而別。」

我努力笑了笑。她點點頭，彷彿明白了。

此時，一陣沉默，而我感覺自己的脈搏加快。

「我是過來請妳幫個忙。」我聽到自己這麼說。我沒辦法看著她，就盯著我用力交握到脹紅發白的手指。「我有麻煩了，我需要妳的幫忙。」

她睜大了眼睛，對我點點頭，彷彿在說「說吧」。

我告訴她護照局那個人的事，話比以前更容易就說出口。我小心選擇用語，我跟她說我要去找我舅舅，他們卻扣著我的護照，恐嚇我——但我沒有詳細說明。我盡可能荒謬地迴避拖延這個問題，而她讓我說下去。光線照耀在鑲木地板上，讓它看起來跟溜冰場的表面一樣光滑完美。哈妮雅始終帶著關切和同情看著我，奇怪的是，儘管我身不由己，儘管因為不得不從所有人當中請求她幫忙，而感覺到這一切痛苦、報復和羞辱的本能反應，我還是對她湧現一股愛意，為著她溫柔仁慈的傾聽，為著她對你我之間的事一無所知，為著從她的眼神看到我的純真。等我說完，她輕若無物的手放在我肩膀，然後說：

「我會跟我父親談談。」

我向她道謝，卻見到她臉上有些不解。她轉向大面窗，迎向淡淡的冬日太陽，然後她把腳從地板上縮起來，交叉在胸前，同時抱著腿和她的長裙。

「只是我需要知道一件事。」她緩緩說著，看起來不太自在。「他們是拿什麼事恐嚇你？這樣會有幫助的，才能知道處理這狀況的最好方法。」

我努力集中精神呼吸。我感覺像是直墜而下，無法呼吸。

「路德維克。」

「他們知道我是……」我無法面對她的眼神，無法說出口。我從未對任何人說出這件事，甚至是對我自己。這感覺就好像跳過五米高牆。

「告訴我。」她輕聲說道，輕若無物的手再次放在我的肩膀。「說吧，不要害怕。」我幾乎崩潰。我再次吐露這些字語，彷彿它們剛才跌落地板，我一一拾起、抬起，努力像是推著沉重到會壓垮我的東西，把它們擠過門檻。

「我是個……」我嘗試，卻在她的目光下挫敗了。

這感覺就跟站在跳水板邊緣一樣，一樣的心中來回拉扯。

「我是個——」我的聲音幾近穩定。「我是個同性戀。」

世界沒有倒塌，她的神情仍是一派鎮定。淡淡的冬季光線仍像是照入教堂一樣，流瀉這整個房間，照亮了地板和我們，我的心臟往全身輸送血液——加速卻靜止——一陣顫慄傳遍我全身，穿過我整個存在，感覺內心某種死氣沉沉的東西被驅除了，就好像我心中一直帶著沉重的幽靈。我感到眩暈，想要說些別的事，卻無話可說。她把我拉進懷裡，我任由她行動——我進入她柔軟的懷抱，貼著她的套頭毛衣，底下襯墊著柔軟的乳房。

「沒事的。」她低語：「我了解。」她輕撫我的頭髮。「你很好，別擔心。你不會有事的，你很好。」

即使我不想哭，卻也無法止住淚水。淚珠自行滑落，它們有著自己的力量，成了解脫和慰藉的代理人。淚水盈滿我的臉，清空我的思緒。我們就像這樣坐在明亮的光線下，互相擁抱，過了不可估量的時間。等我直起身子，她離開片刻，然後帶著面紙回來。

我擦擦臉，謝謝她。

她靜靜站著，低頭看著我。

「你愛他，是吧？」

她輕聲淡然地說道，彷彿這不是一個問題。我閉上眼睛說「是」，然後看著她，見到她明白了。接著她臉上閃現一道陰影，一絲懷疑，這是我早已確信必定到來的時刻。她仍舊靜靜站著，只是專注地看著我，細看我的神情求取安心，用眼神懇求我這件事。

「你和亞努許……」她開口，但我打斷她。

「他不知道。」我說，把溼掉的面紙團塞進口袋，努力不要顫抖，努力保持聲調平穩。「什麼事都不要跟他說。」

她點點頭，她的恐懼消散了。「當然。」她說，試著隱藏自己的如釋重負。「我不會說的。」

她再次問我要不要喝白蘭地，要不要吃點東西。我搖搖頭，謝謝她。我該告辭了。

她陪我走到門口，擁抱我。「我現在就打給我父親。」她說，向我保證他們會盡力而為。

「謝謝妳。」我又說了一次。

她擁抱我，這一次持續得更久。

「早日回來。」她聽起來還是那麼真誠。

「我會的。」我說，幾乎連自己都相信了。

○○○

今天早晨醒來時，我聽著外頭和緩的車流，以及掠過的船笛聲。然後起床，穿上外套走到戶外。人行道添上了細雪，在陽光下像碎玻璃一樣閃閃發光。今天是星期天，人們外出到街上，帶著家人散步。我看著他們所有人，這似乎是我無法擺脫的衝動，就這樣看著經過的每一個人，希望在群眾中認出一個面孔，渴望見到熟悉的人。

我往水邊走去——經過褐石建築，它們堅固的寬闊階梯通往窗戶裡的天使、星星和耶誕老人；我經過了裝飾品，經過了富足。

他們在這星期安葬了礦工，這是賈瑞克告訴我的，電視上甚至沒提到這件事。他是從家裡聽到這個消息，似乎有數以百計的保安部隊在那裡防止暴動——戴頭盔的部隊立在送葬隊伍兩旁，而這隊伍卻是向死於頭盔部隊的人致敬。我感覺悲傷多過於憤怒，或許是因為這一年就要結束。一個人能產生的憎恨只有這麼多，可以容納在心中的憤恨也只有這麼多。

昨天我再次嘗試打給外婆，難以置信的事發生了：訊號接通，有人接起了話筒。

「哈囉？」我真不敢相信我的運氣，就好像我橫越海洋丟了一根繩子，而她接住了。「妳好嗎？」我一再又一再問著，緊握住話筒直到手心溼滑。

她的聲音一如往常。她堅稱，她很好，只是語氣有點太強調了。她有足夠的食物，大部分時間都留在家中。她盡量不去看報紙，也不聽鄰居的傳言。我當然知道這電話有人竊聽，在某個地方，某個悲慘擁擠的無線電室，有人在監聽我們說話，而外婆在試著說正確的事。

「路茲歐，那你呢？」

「我沒事。」我連忙說道，然後跟她說，我正考慮回家，還有——

「不要。」她打斷我，聲音變得迫切。「這裡什麼都沒有，你受苦對我們沒有幫助。」

「外婆——」我嘗試開口，阻止她因此受到牽連，但她再次打斷我。

「留在你現在的地方。」她說：「至少，這給了我希望。親愛的，掛上電話吧。」她加了一句：「這通電話必定讓你花上好幾百萬。」

我放下話筒，把頭埋在兩手之間。

部分的我仍想要回國，即使我知道，一旦回去，他們永遠不會再讓我離開。

即使我知道這是個愚行，知道我會成為犯人，但至少，我在那裡，在裡面。

我走到水濱，走到破敗的碼頭。在起沫河流的那一頭，天幕畫著曼哈頓的地平線，上百個閃耀的文化宮鱗次櫛比，吸收十二月的光線。看著這光線，我想起了家鄉的耶誕節，我們以前過節的方式。我想起外婆和媽媽和我會上街找人買鯉魚，站在人行道上，從金屬面盆裡游來游去的魚中，挑選最肥美的一條，用戴著手套的手指指著同一條。我們會把牠帶回家，放洗澡水，讓牠在浴缸裡游泳。這是我最喜歡的部分，我會為牠取一個名字。我會告訴牠，要帶牠去奧得河放生。我是真心誠意。但耶誕夜會到來，我會肚子餓，而媽媽也準備好。她從浴缸抱出牠，像是把小時候的我抱出浴缸那樣，小心翼翼不讓牠掉下來。然後她會剁掉牠的頭，切開魚身，像處理葡萄籽那樣，掏出牠的內臟，她的雙手猩紅得跟魔鬼一樣，鮮血滑下她的手腕、前臂，一路來到手肘。

○○○

見過哈妮雅的隔天，我沒有按照眼鏡男要我承諾的那樣，回到護照局。我坐在自己的房間，盯著手錶，想像他坐在桌前，愈來愈焦躁不快。在這之後的每一分鐘，我都預期會有敲門聲，民兵進來抓走我，或是住房委員會的代表進來給我驅逐通知單。但這一切都沒有出現，隔天也沒有，再隔天也一樣沒有。那星期結束後，完全沒有發生任何不尋常的事，只除了開始下雪。雪從白如枕頭的雲朵灑下，舞動讓人眼花繚亂的雪花，落在整個城市，初雪讓街道、房屋和汽車覆上一層閃亮的外殼，讓一切暫停了片刻。

不久之後的一個早上，柯雷契卡太太敲了我的房門，遞給我一個大牛皮紙袋，紙袋裡是一本加了簽證的護照。

幾星期後，我和凱洛琳娜見了最後一次面。她在外面的雪地裡等著我，頭上戴著大大的毛皮帽，呼吸在寒冷中清晰可見。看到我時，她露出微笑。

「妳怎麼不進去？」我問，點頭指向酒吧的大門

「我想要跟你一起進去。」她親親我的臉頰，勾著我的手臂。

在裡面，溫暖的空氣和老主顧的臉孔迎面而來。老老少少的男人以幾乎不加掩飾的好奇心看著我們。就像上一次，我們坐在吧檯附近，點了兩杯啤酒。場上播放著唐娜．桑默的最新歌曲〈壞女孩〉，我跟著節奏敲動手指。

「真有趣，你居然約我在這裡見面。」凱洛琳娜微笑說著：「我以為你不喜歡這個地方。」

我笑笑。「我改變主意了，這是可以允許的吧？」

「是可以鼓勵的啦。」她說，自得其樂起來。

啤酒送上來了，我們舉杯祝賀。凱洛琳娜開始跟我說這幾星期的事，還有跟凱洛約會的事，兩人相愛了。

「我真為妳開心。」我真情實意地說：「真的很高興。」

我們點了另一杯酒，再次舉杯祝賀。

「你呢？」她問：「先前欲言又止的是什麼？」

我喝了好大一口啤酒，開始跟她說關於你和我及哈妮雅的事。我第一次說出未做刪剪的事實，她一直倒抽著氣，但似乎不太驚訝，直到我跟她提起護照的事。

「所以你要……？」她的眼睛開始瑩潤。

「對，下個星期。」

「太好了。」她說，聲音激動到嘶啞起來。她看著手中的啤酒。「你不能……等等嗎？」

「我想現在該是我離開的時候了。」我說：「而現在，妳成了戀愛中的人，我就不請妳一起去了。」

她抬起頭，淚水撲撲簌簌落下，睫毛膏在她的臉頰留下一道黑色痕跡。她無聲地落淚，我把她拉進懷裡。哭完之後，她瞥了一眼吧檯後方的鏡子，用手背拭去睫毛膏的痕跡。「看看我。」她說，破涕為笑。「我真是一團亂。」

「對呀，妳是。」我說：「而我會想念妳的，也許有朝一日妳會過來加入我。」

「也許吧。」她說，淺笑中拭去其餘的眼淚。

在班機出發的前一天，我去書店找尋英語手冊。走進書店時，我看到了你——你一隻手摟著她的腰，看著大門旁邊陳列桌上的書。你穿著一件新的棕色皮夾克，帶有漂亮的毛領。你的嘴唇上方留了小鬍子，我僵住了。是哈妮雅抬起頭來看到我，她露出笑容，我別無選擇，只好走過去打招呼，我的身體麻木。我們之間的氣氛晦澀難懂，她親親我的臉頰；你跟我鄭重地握了握手。我可以感覺到她帶著一種悄然的專注，目光從你身上移向我。然後她失陪說要去結帳，我們就站在那裡，就我們兩人。你目送她離去，迴避我的凝視。最後，你的食指和中指朝嘴唇一放。

「要抽菸嗎？」

我們走到外頭書店的遮篷下，眺望街道。天氣寒冷晴朗，人行道結霜像是覆上一層糖霜。你從口袋拿出一包萬寶路，遞了一根菸給我。

「鬍子很不錯。」我緊張地說。為我點菸時，你見到我的眼睛在你的臉龐前翕動；圈起手掌以免火焰被風吹熄時，你的手指掠過我的手指。你沒有理會我的評論，沒有理會這樣的陳腔濫爛。你只是完全不看我，自顧自點菸，然後從鼻孔呼出一陣煙，彷彿迫不及待要吐出它。此時，你把頭轉向我的方向，目光打量我，察覺到你有話要說，我讓身體做好準備，迎接你需要說出來的任何話。接著，書店的門開了，哈妮雅帶著滿滿的一袋書走了出來。我們不太自在地站了一會兒，哀悼錯失的機會。我們每一個人都搜尋著話語，想要說點有意義的話。最後，我們只是說再見。我們說得很隨意，像是很快就會再見面；或像是彼此頂多只是熟人。你們兩人手挽手離去，而我注視著你，點燃的香菸仍在我手中，這是你給我的最後一件東西。

○○○

我散步完回到家，脫下外套，搓揉雙手。我坐在沙發上，盯著電視，卻沒有打開它。

我記得我是怎麼離開我們的國家，又是怎麼認為我的孤獨噩夢將會重返。時間石化的噩夢，我穿過雜草叢生、墓碑矗立的荒涼景觀，附近杳無人煙，我被迫在死者當中展開人生。不過，並未如此。我來一個新的國家，新的城市，決意要把我的孤獨拋在腦後。美國的美好之處就像這樣。即使情況不是這樣，即使永遠無法徹底擺脫過去，這裡也沒有人會來指稱這件事。這使情況更加容易，更加容易愚弄自己。在所有人中，尤其是你，必定了解這是怎樣的感覺。

然而，我現在突然想到，我們絕對無法無限期與謊言同行，遲早會被迫面對它們的黑暗。我們可以選擇**何時**，而不是**是否**。我們推遲的時間愈久，就愈痛苦和不確定。即使我們的國家現在也在這麼做——面對著它謊言的檔案庫，跋涉穿過沼澤，朝向一些更為可行的新真相。

我抵達這裡的六個月後，凱洛琳娜寄了關於那場婚禮的信給我，說是哈妮雅婚禮時已經懷孕，又是怎樣已經顯肚。我不由自主地哭了，一直以來，我都想要問你是否愛她，這是我後悔沒問出口的一件事。我現在了解，這根本不重要。因為你說得對，人們不見得會給我們想從他們身上獲得的東西；不能要求他們以你想要的方式愛你。沒有人該為此受到指責。而機會從一開始對我們就不利：我們沒有說明書，沒有人告訴我們方法，沒有任何由男孩和男孩組成幸福伴侶的範例。我們要怎麼知道如何去做呢？甚至是否能相信我們值得幸福？

我走到書架，拿下《喬凡尼的房間》，手指撫過它磨損的封面。我想到所有曾經忽略這些書頁的眼睛，所有感受過這書重量的手。然後我想起班機啟程的那一天，柯雷契卡太太最後一次進來我的房間，她手中拿著一個信封，裡面裝的是《喬凡尼的房間》。我把它緊緊抱在胸前，像是失去多時又重新復得的寶藏。我打開書，心臟怦怦亂跳，一張紙飄了出來，輕輕落在地板。

「**我比你知道的還喜愛這本書。**」你那右斜的粗實筆跡寫道：「**我想要留下它……但這是你的書。如果能的話，有朝一日帶它回來。我會在這裡。亞。**」

我意識到，一直以來，我都當作我的啟程只是暫時的，你的言詞阻止我真的就此離開或是抵達。儘管看到凱洛琳娜的信，儘管知道你們的婚姻，我始終堅持我們兩人的想法，我掃視各個面孔，在異鄉國度尋找已知和熟悉的人。而其實此時，熟悉的人已變成陌生，家鄉不再是家鄉。兩者都在沒有我的情況下，繼續生活和改變。

我闔上書，把它放回書架，再次拿起外套，離開公寓，走到外頭的街道。冷風掃過我的臉，我頂著風，走向老鷹街的雜貨店。我的肚子咕嚕咕嚕叫，我忽然餓了起來，像是好幾星期沒吃過東西。我想要吃波蘭餃子、羅宋湯和溫暖的罌粟籽蛋糕，我感覺這是我內心一種巨大空虛，對溫暖的一種渴望。但這一點也不痛苦，感覺像是許諾。

致謝

創作《在黑暗中游泳》是一段長達七年的旅程，如果沒有以下各位的慷慨大方和關愛，就不可能成行。

塔尼亞·史迪吉、伊莉莎白·史蒂芬和路易士·馬南柯醫師，他們遠遠比我更早相信我自己；席真·巴特勒和我們倫敦寫作團隊的所有成員，他們從一開始就欣然接受路德維克的世界；我的友人漢娜·哈奇奇、洛提·戴維、艾拉·狄拉尼、瑪儂·莫羅、萊拉·布希米，他們給予草稿無價的建議；我了不起的經紀人山姆·哈德；以及我絕佳的編輯：艾蕾莎·馮·賀奇柏格和潔西卡·威廉斯。

沒有我的父母——他們的勇氣、他們的足智多謀，以及他們對於說故事的熱情——我永遠不會擁有撰寫這本書的工具。Dziękuję wam z całego serca（我衷心感謝你們）。

最後，我想謝謝我最好的朋友也是我的丈夫這些年來的支持，以及他明察秋毫的美麗眼睛、耳朵和心靈：羅倫，je t'aime（我愛你）。

國家圖書館出版品預行編目資料

在黑暗中游泳 / 托瑪許・傑卓斯基作；陳芙陽譯.
-- 初版. -- 臺北市：皇冠，2023.01　面；公分. --
（皇冠叢書；第 5066 種）(CHOICE；358)
譯自：Płynąc w ciemnościach

ISBN 978-957-33-3971-7（平裝）

882.157　　111020153

皇冠叢書第 5066 種
CHOICE 358

在黑暗中游泳

Płynąc w ciemnościach

作　者—托瑪許・傑卓斯基
譯　者—陳芙陽
發 行 人—平雲
出版發行—皇冠文化出版有限公司
台北市敦化北路120巷50號
電話◎02-27168888
郵撥帳號◎15261516號
皇冠出版社(香港)有限公司
香港銅鑼灣道180號百樂商業中心
19字樓1903室
電話◎2529-1778　傳真◎2527-0904
總 編 輯—許婷婷
責任編輯—黃雅群
行銷企劃—薛晴方
內頁設計—李偉涵
著作完成日期—2020年
初版一刷日期—2023年01月

法律顧問—王惠光律師

讀者服務傳真專線◎02-27150507
電腦編號◎375358
ISBN◎978-957-33-3971-7
Printed in Taiwan
本書定價◎新台幣340元/港幣113元